CACOGRAPHIE.

CACOGRAPHIE

OU

RECUEIL de phrases, dans lesquelles on a violé à dessein l'orthographe des mots, les règles des participes, et les lois de la ponctuation, afin que les étudiants et les gens du monde, en corrigeant avec soin ces fautes, ces omissions volontaires, parviennent à écrire selon les règles de l'orthographe et de la ponctuation;

Par M. BOINVILLIERS,

Correspondant de l'Institut de France, etc.

QUATRIÈME ÉDITION.

Segniùs irritant animos demissa per aurem,
Quàm quæ sunt oculis subjecta fidelibus.....

HORAT.

PARIS,

AUGUSTE DELALAIN, Imprimeur-Libraire, rue des Mathurins-Saint-Jacques, n°. 5.

1813.

AVERTISSEMENT.

Dans mon grand Ouvrage (*), j'ai divisé la Grammaire en deux parties bien distinctes : l'*Orthologie* et l'*Orthographe*. La première est l'art de parler purement ; la seconde est celui d'écrire selon les règles avouées par l'usage. Pour enseigner à parler purement, j'ai publié un Cours-pratique sous le titre de CACOLOGIE, dans lequel j'ai recueilli les mauvaises locutions des Écrivains les plus connus, afin qu'en les corrigeant avec soin, on apprît à respecter les lois du langage. Pour enseigner à écrire correctement, j'ai rédigé le présent ouvrage sous le titre de CACOGRAPHIE, dans lequel j'ai rassemblé toutes les fautes qu'on peut faire contre la manière d'écrire les mots, et celles qu'on fait réellement tous les jours contre les Participes, afin qu'en démêlant la nature de ces fautes, on apprît à les éviter soi-même en écrivant. La *Cacologie* est destinée spécialement aux personnes dont la profession est d'enseigner, ou que leur talent appèle, soit au barreau, soit à la tribune ; mais la *Cacographie* est nécessaire à tout le monde indistinctement :

(*) *Grammaire Raisonnée* ou *Cours théorique et pratique de la langue française.*

elle convient non seulement à ceux qui ignorent l'art indispensable d'écrire d'une manière correcte, et à qui cette connaissance de la langue écrite paraît devoir suffire, mais encore aux Instituteurs à qui il appartient d'écrire conformément aux principes de l'orthographe et de la ponctuation, et qui doivent exercer continuellement leurs élèves à l'application de ces mêmes principes. Les maîtres et les élèves ont donc intérêt de consulter ou d'apprendre un livre qui leur enseigne les règles de l'orthographe et surtout celles des *participes*; or ils trouveront ces règles suffisamment développées dans l'ouvrage que j'ai publié dernièrement sous le titre de COURS ANALYTIQUE *d'orthographe et de ponctuation*, et qui renferme de nouvelles matières de compositions en faveur des jeunes orthographistes.

CACOGRAPHIE. (1)

PREMIÈRE PARTIE.

MOTS FRANÇAIS.

La sciance est le plus beau thresor. La vertue, ci aimable, doit accompagné la science. Sans la vertue, la sciance, toute aimable qu'elle est, me semble un aventage bien peut désirable. Les hommes instruit me paraisse digne de la plus haute concidération; mes je veut que l'homme savant joignent la vertu à la science. Linstrucsion est ci préticuse! pourquoi la négligé? Linstrucsion seul distingues lhomme de lhomme. Je ne connait aucun éritage plus aventageux, que la bonne éducation. Les jeune-jens doive cherché les moiens de devenire savant, et profité de ceux qui leurs sont offert. Les hommes dont léducation a étée négligé, souaite, mes envain, de réparé les heures perdu. Le tems est irréparable; les heures passé ne revienne plus (2).

---

(1) CACOGRAPHIE vient des deux mots grecs CACOS (*malus*, mauvais) et de GRAPHÊ (*scriptura*, écriture); ce qui signifie écrire mal, écrire d'une manière vicieuse ou contraire aux lois de l'orthographe.

(2) Voyez la note placée à la fin de cet ouvrage, elle prouvera combien il est utile de connaître l'orthographe, combien de gens l'ignorent, combien il est honteux de ne pas l'étudier.

— Profité de vôtre jeunaisse pour acquérire des vertues et de la science. Mon amy, l'enfance est le seule tems propre à létude. Les vertues ci nécessaire au bonne heure des humains, peuve sacquérire en tout tems; sependant il faux si accoutumé des lenfance. Les qualitées du coeur ne son pas moins prétieuse que celle de lesprit. Il faux prandre tout les moiens convenable pour acquérire des connaissances solide; mais il faux aussy travaillé de bonne heure a instruirès sa raison et à formé son chœur. Cette homme est savant, dirat'on, mes il n'est pas vertueux: cette autre possaide de grande vertue, mes il n'a pas dinstruction. Auqu'elle des deux donnont nous la préférance? a celui sens doutte chez lequelle les connaissances son ramplacé par les vertues.

Vouléz vous, mon ami, etre estimé de tout le monde? soyés vertueux non moins qu'instruit, et fréquenté toujours des personnes qui joigne l'instruction à la sajesse. Les sociétées dans lesquels nous nous trouvont ordinérement, ne contribut pas peut a nous randre juste où injuste, honnête où dépravé; il sera dont toujour de l'intérait d'un jeune-homme qui voudera ce formé lesprit et le chœur, de ne fréquenté que des gens vertueux et instruit. La science et la vertue fond la gloire, lornement et la consolation de lhomme. Je plaint les jeunes-gens qui sont asséz stupide pour préféré de frivols amusemants aux charmes de létude, et des plaisirs honteux aux douceur de la vertue. Que de regraits ils ce prépare! quel destiné affreuse leur est réservé!

MAXIMES ET BONS MOTS.

L'Ignorence peu etre appelé la nui de l'esprit, et cette nui na ny lune ny étoille. — Plus un lieue est élevée, plus il est expausé aux tempetes, plus lair quon y respirent est froit et malsin : la Coure en generalle en est une preuves. — Le cuivre a bau etre d'oré, il nest que du cuivre : insi en est t'il dun fatte; fut t'il le premier du Conseille, il nest quun fate. — Un sot ne sadmire jamait tant que lorsqu'il à faits quelleque sotise. — Se son ceux qui on le moins de livre, qui lise le plus. — Celui qui na pas honte de médire en secret, est capable de calomnié en publique. — On nest jamais heureux au dépans du bonneheure des autre. — La politaisse tien un milieu antre la fierté et la bassesse. Elle à la dignitée de la premiere et la civilitée de la segonde. — Quiquonque peux pausé sa plaie, est a moitié guérie. — Ceux qui connaisse le monde, savé que ce corrigé est posible, et que ce déguisé ne lest pas. — Lhomme savant, qui parles, resemble a lhomme genereux qui donnent; cepandant la pauvreté tant la main, et lignorant ferme laureille. — On exageres ses imperfection pour faire passé léloge de ses vertues, comme ont montre une égratignure pour étalé un diament. — Telle homme prodigues les conseilles pour vous enseigné a vivre, qui ne donnerais pas un ecu pour vous empéché de mourire. — La loi qui fais coulé le saug, familiarisent avec le sang; léchaffaut est léçolle de lassassin, comme les boucheri sont lécolle des bourrau. — Nous echapon a la paraisse, mes nous y revenont toujour. — Le François ne parais légé aux autre peuple, que parsequ'il consoit avec fasilité se qu'il calecule avec peine. — La manificence est le moien du fate pour attiré le regart du saut. — Le plus inconséquant des hommes me parait etre selui qui n'est pas indul-jeant. — Travailles a purifié tes pansé; si tes pansé ne sont pas movaise, tes action ne le serons point. — Il ni a pas de gents plus vide, que seux qui son plein de leur méritte. — La movaise compagni rand le bon méchant, et le méchant pires. — Le ressit dune bone action rafréchi le san. — L'hipocrysie est un homage que le vise rand à la vertue. — Il vaut mieu sandormir san soupée, que de ce reveillé avec des dette. — Un homme indiscrait est une lettre décacheté; tous le monde peux la lire. — La paraisse na pas un avoca, quoi quelle est beaucoup dami. — La frugalitée et lindustri sont les serventes de la fortune. — L'ambicion, qui nait pas accompagné d'un talent réelle, amenes tot où tart une disgrase. — Ecrivé les injure sur le sable et les bienfait sur le marbre. — Celui qui ce fais le plésant dune société à juste se quil faux desprit pour etre un sot. — L'homme vraiement sage exposeras toujour sa vie pour le bien publique et pour déffandre sa patri. — Ne faite rien dans le momant de la colere. Vous ambarquerié vous au millieux dune tampette? — La plésanteri amer est le poison de lamitié. — Selui qui, le matin, à ecousté la voie de la vertue, peux mourire le soir. Cette homme ne se repantira pas davoir vécu; la mort ne luy fera aucune paine. — Dans sertaines Cours, le désonneure ressamble a la fumé qui ce blanchie en sétandant au large. — Les grande plasse son comme les rocher escarpé ou les aigle et les reptils peuve-

seül parvenire. — On guérie la foli, mes comant redressé un espri de travert? — On ce colore en se promenant au soleil, disait Cicéron; heureux selui dont la tete séchoffe, dont le cœur sembrase au feu de lantiquité! — Un livre sublime parêt dans une traduction comme un grand saigneur exillé, qui n'est plus en crédi. — Quant Voltaire fût mort, un Ecrivin connue dit: Nous rantrons en Républiqué. — Le prodigues repant lor comme du fumié, et lavare recueil le fumié comme de lor. — Sest se randre le complise dune impertinanse, que d'an rire. — Seluy qui ce vangé dun petit afront, sexpause a resevoir de plus grand outrages. — Le vuide dun jour perdue ne cera jamait rampli. — Maison de paille, ou lon ri, vaux mieu que palait ou lon pleurt. — Une famme laborieuse arrenge san sesse ses meuble: un lettrée studieu derenge san sesse ces livre. — La aine est la cari de lame, elle use la vie, et présipite des instant don on ne joui, que lorsquon aime ces samblable. — Un fleuve pésible à ces rives fleuri. — Laire quon respir sur les tombaus, epure les pansé. — Selui qui persécutte lhomme de bien, fait la guére au Ciel. Le Ciel a créée la vertue, il l'a protéje : or selui qui l'a persécutte, persécutte le Ciel. — Touts bois est grit, quant il est rédui en sendre. — Lhomme ne desir rien aveque plus d'ardeure, que les chauses dont la jouissance lui est interditte. — Les excuse son raremant exante de mansonge. — Le grand art de la conversacion est dattiré la parole, de parlé peut, et de faire parlé baucoup les autre : sest la veritable poëtique de se genre d'éloquanse. — Les nuage les plus brillan ne son que de l'eaux. — Les tuilles, qui garentisse de la plui, on étée faitte dans le beau tant. — Le crime est le boureau de l'ame. — Plus les repantir son promt, plus ils en épargno dinutile. — Imprimes le cachait sur largile, tandi quelle est umide. — Aimes et ménages ton frère, car selui qui n'a pas de frere est de mesme quun solda qui vat sans arme a une bataille. — A tu fait du bien a quelqun? tien toi en garde contre les effait de sa méchancetée. — Une tuille tombe, un accèt de fuivre survien, une vaine se romt, et le lendemin meure avèque l'esperence. — Que dépine sur une seul rose! — La crainte de Dieu est le commansement de la sajesse. — Le tant fui, il sechappe en morselant la vie; ah! sest toujour trot tot, que nous redemendont les heure pour en jouire mieu! — Chaque jours de ta vie est un feuillet de ton histoire. — Milles parti de plésir ne laisse aucun souvenire qui vailles selui dune bonne action. — La vertue est belle dent les plus lait, et le visse est lait dans les plus beau. — Chasses la cupiditée de ton chœur, tes pied serons a l'abri des fer. — Une nourisse, qui nous aimes, vaux mieu quune mere qui nous dédégne. — Deux chauses son bien mauvaise, quant la mélieure des deux est le mansonge. — Chaqun de nous coure a lavenire, comme un oiseaux à lépie de bled, que le vant emporte, et nous néglijont le chamt ou nous trouveriont bien d'autre épies.

Le tant moissonne; et nous glanont; amployont chaque jour de nôtre vie, come sil devaient etre le dernié. — Le landemin, enfant de la veille, succede a tous ses droit au tems; mes il est souvant désérité. — Chaque ciecle répaite a l'autre : tout les faulx bien produise de vrai meaux. — Conbien de personne ne juge des autre, que par la vogues quils on, ou par la fortune quils possede! — Il est beaux, il est grand davoir conpassion de son ennemy, dant sa défaitte. — La modesti et le respec son comme les pleures des enfant; leur foiblesse meme et leur impuissanse fond leur forse, et obtiène tout. — Se nest pas assé, que davoir de grande calitée, il faut encor savoir lés écohomisé. — Seluy qui est se quil parest, feras se qu'il à promi. — On disais dú ministre du roy a Petersbourg: Monsieux un telle surchargés d'affaire. — Le vice ampoisonne les plésir, la passion les frelatte, la moderacion les éguises, l'innocence les épure, la bienfaisanse les multipli, lamitiée les perpétues. — Notre méritte nous attirent léstime des honnetes gens, et notre étoille, selle du publique. — Les vertues ce perde dans lintérait, comme les fleuve ce perde dans la mère. — Notre repantire nest pas tant un regrait du mal que nous avont conii, quune crinte de seluy qui peu en résulté pour nous. — On ne méprise pas tout seux qui on des vice; mes on méprises tout ceux qui non aucune vertue — Le desire de parêtre instrui, faits quon negliges souvant les moïien de le devenire. — Chó les femme, lautéritée des meurs est un ajustemant et un far, quelles ajoutte a leurs beautée. — Les deffaux de lame son comme les blessure du cors: quels que soin quon prène pour les guérire, la sicatrisse parèt toujour, et elles son a tout momant en dangé de se rouvrir. — Le nom de la vertue sert à l'intérait tout autent que le visse. — Seluy la est veritablemant honeste homme, qui veux estre toujour expausée a la vû des honnestes jean. — Une femme sans pudeure est un maits sans selle. — Les soldas d'aujourdui son bien différant de seux dautrefoi: les premier combate pour eux meme et pour leurs enfant; les segond navait pri, et ne fesait un mettier aussy péricux, que pour gagné leur vie. — La vrai valeure consistes a faire sans témoin, se quuon serais capable de faire devent touts lê monde. — Tout seux qui saquitte des devoir de la reconnoissense, ne peuve pas ce flaté pour sela detre reconnoissant. — Dans le commerce de la vie, nous plésont plus souvant par nos deffaux, que par nos bones calités. — — Si les hommes agissait avèque justisse, il ni aurais rien a faire pour les jujes. — On ne lout ordinérement les autre, que pour en estre loués. — Se qui nous empaiche de nous abandonné a un seule visse, sest que nous avont mille défaut. — L'orgeueille ne veux pas devoire, et lamour propre ce refuse a payé. — Dans ladversitée de nos mélieur amis, nous trouvont souvant quelleque chose qui ne nous deplèt pas. — Rien nest imposible : il y à des vois qui conduise a tout; et, si nous avions assé de volontée, nous aurions toujour assé de moiens. — La véritable éloquanse consiste a dire tous se quil faux, et a ne dire que se quil faux. — La fidélitée quon remarques daut la pluspart des home, nést quune invancion de lamour propre dans la vû d'attiré la confianse; sest un moiien de nous elevée au dessut des autre, et de nous randre depositère des segret les plus important. — Ce qui parèt generositée, nest souvant quune ambicion déguissé, qui méprises de petits intérait pour allé a de plus grants. — Il ni a pas moins deloquanse dans le ton de voie, dans les ieu et dans l'air de la persone qui parle, que dans le choi de ses paroles. — Diciper le tant, sest usé létofe don la vie est faitte. — Loisivetée ressamble à la rouille, elle uses beaucout plus que le travaille. — La paraisse chemine si lantemant, que la pauvretée ne tardes pas à l'attaindre. — La pluspar des hommes on, comme les plante, des propriété caché que le hasar faits découvrire. — Combien de jeune jean croit estre naturel, quant il ne son quimpoli et grossié! — La fin regardes a la porte de lhomme laborieux; mes elle nause pas entré dant la maison. — Leau qui tombent constemment goute a goute, parvien a consumé la pierres. — Nous aimon toujour seux qui nous admire, et nous nai-mont pas toujour seux que nous admiront. — Avec du travaille, une souri couppe un cable, et de petits coûts répetés abbatte de grand chaine. — Les esprit mediocres condane ordinérement tous se qui passe leur porté. — Nous pardonont souvant aux persone qui nous ennuye, mes nous ne pouvont pardonné a selle que nous ennuiont. — Loublie de soit mesme est la pière de touche de la vrai grandeure, et la perfection de la sajesse. — Si la vanitée ne renverce pas antièremant les vertue, du moin elle les ebranlent toute. — Un homme d'espri serais souvant bien ambarassé sens la compagni dès saut. — Nous oublions ésément nos faute, lorsequelle ne son su que de nous. — Ceux qui ont eus de grandes passion, ce trouve, toute leur vie, heureu où malheureu d'an estre guéri. — Nous avont plus de paraisse dan l'esprit, que dans le corps. — Se qui nous rand la vanitée des autre insuportables, sest quelle blaisse la notre. — La marque la plus vrai dun chœur né avec de grande calité, sest dêstre né sans envi. — Les passion les plus violantes nous lesse quelquefoi du relache; mes la vanitée nous tourmante sans sessé. — Il sans faux bien que linnosanse trouves autants de protecteur, que le crime. — On devient insansiblemant vile avcque un maitre qui lest. — Nous navont pas le courage de dire, en généiale, que nous navont pas de défaux, et que nos ennemi non aucune bone calitée; mès, en détaille, nous ne somme pas trot éloigné de le croire. — Peut de jents son assé sage, pour préféré le blame, qui leur est utille, a la louanges, qui les trahis. — La mauvaise fortune nous corigent de certain défaux, que la raison ne sauroit corigé. — Si vous voulé etre riche, napprenë pas seulemant commant ont gagne, saché aussi commant ont ménages. — La fileuse vigilente ne manques jamais de chemise. — Si tu a achetéz se qui est superflue pour toi; tu ne tardera pas a vandre se qui test le plus nécessaire. — On disai a labé Arnaud: la clareté est lattribue de la langue françoise. S'est sont plus grand bésoin, sécria t'il.

Nous gagneriont beaucoup plus de nous laissé voire tel que nous somme, que d'essayé de paroitre se que nous ne somme pas. — Il y à des gens qui ce croit de grand raisoneur, parsequ'il son pésant dans la conversation, comme des bossut qui se croit de l'esprit, parsequ'il son mal fait. — Quest se quun papilion? Se n'est tout au plut quune chenille habilié: et voila ce quest le petit maitre — Les enfans et les fou simagine que vint frans et vint ans ne peuve jamais finire. — Il ni à rien daussi chere que le tant; seux qui le perde, son les plus blamable de tout les prodigue. — La gloire et lamour du bien publique ne campe jamais ou lintérait particulié commende. — Si sest un grand bonne heure que davoir ce quon desir, s'en est un bien plus grant que de ne désiré, que se quon a. — On ne dois regardé aucun homme comme heureus, avant sa mort. — Chaquun receuil se quil a semé, a di un philosophe Chinoi; si tu séme du millait, tu recueillera du millait; si tu séme du ri, tu recoltera du ri. — Sest dans le pérille, quon reconnaie les homme vraimant courajeu, de mesmes que sest dans ladversitée, quon reconnaie les vrai ami. — La sagesse est un trésort, qui nenbarasse jamais; il fau prandre tout les moyen pour lacquérire. — Lavarise qui, de toute les passion, samble la plus contraire au bien de la sosiétée, en à formée un des plus fort lien, en tyran lor du saint de la terre. — Toute les foi que je trouves un homme peauvre trait reconnaisant, je en conclut quil serai jénéreu, sil était riches. — Seluy qui pardonne a son ennemy, et lui fay du bien, resemble à l'ansan qui enbaume le feux qui le consumes. — Les pierreris et les diaman, la soye et lor, don une jeune fille ce part aveque tant de soin, son un verny transparant qui fais mieu ressortire ces défaux. — La sagesse est, insi que la vertue, la plus touchante parrure du sexe. — Qui ne conviendras que la sosiétée serai une chose charmente, ci les homme s'intéressait les uns aux autre? — On ne deverait jamais etre honteus davoüé qu'on a eus tord, puisseque sest dire, en dautre terme, quon est plus sage aujourdhui, quon ne létait hyer. — Seux qui embrassé la pratic de la vertue dans un asge avencé, fond, par la mesme, un sacrifise a Dieu des resté du diable. — Un brave homme qui a étée inçultée, ce trouve tout de suitte supérieure a celui qui linsultes; parsequil peux pardoné. — Léconomi donnes aux pauvre tout se que la prodigualitée ote aux riche. — Seluy qui caches ses faute en veux fair encor. — Un fils qui à fais versé des larme a sa mere, peux seule les essuyé. — On gaguent toujour a taire se quon nest pas aubligé de dire. — Nous pardoné a nous meme les traver que nous ne pouvont souffrire dans les autre, sest nous arrogé le droi dêtre fou tout seule. — Quiconque attant le superflue, pour secourire les peauvre, ne leur donnerat jamai rien. — Un Ecrivin de beaucout de sans a di, en parlant des plagières; sest a dire de seux qui pille les ouvrage dautruis : lorcequun peauvre ce montre tout à cou revetue de riches habit, nous reconnaisson, sur le chant, qu'ils ne luy apartiène pas. — Lhomme de bien nest ocupé, que de sa vertue; le méchand ne lest, que de ces richesse. Le premié panse continuellemant a lintérait de la Républic; mes le segond à d'autres sousis, il ne panse qua se qui le touches. — Les plus grands etat on été ranvercé par des jeunejent, et concervé par des vieillart. — Soyont réellemant se que nous avont anvi de parèstre; insi que les plume du jeai, le masque de la vertue tonbe bientost, et met au grant jour nos turpitude. — Pour opérée le salu publique, il faux que la sajesse et la puissence ce trouve réunit. — Ce tronpé est de lhomme; met persisté opiniatremant dant son erreure est d'un saut ou dun foux. — Si étent majistras, tu as déconver des crime, ne taut réjoui pas, comme si tu avait fais une decouverte heureuze ; uses de clemanse, en obeissant neanmoin a la loy, persuadés que toute la faute ne vieu pas des coupable; mes quils avait pour complise lignorense, le mauvait example, les fosses espérense, ou la crinte de quelques mot quils ne pansoit pouvoir évité autremant. — Sy les hommes ne croient pas aux comptes des fée et des jénie, se nest pas leur absurditée qui les retien et les an empeschent, ses quon ne leurs a pas die di croire. — Leducation public et commune est trait favorable a la libertée. — Si leducation particuliaire sintroduisait jamais dan un etat, je tramblerois pour sa concervation. — Il i à autans de visse qui proviène de se quon ne sestime pas assé, que de se quon sestimes trot. — Quant on cour aprêt lespri, on attrapes près-seque toujour la sautise. — Lattante d'un plus heureut avenire est une chêne qui lit tout nos plésir. — La railleri est un discour en faveure de son espri contre son bon naturelle. — Préfaire la peaúvretée et lexile aux charge de létat les plus éminante, lorsseque sest un trêtre qui te les offrent. — L'anbition, sant de vrai talants, amenent tot ou tart une disgrasse. — On ne sais pas combien il faux despri pour netre jamait ridicul. — La sosiétée, les sercle, les salon, se quon appelle le monde, me represantent une pièsse misérable, un mauvaise opéra sens intérait, qui ce soutien un peut par les machine et par les décoracion. — Ne te lis jamais aveque un homme que tu ne croira pas plus honeste et plus vertueu que toi. — Un faulx ami est comme lombre du cadran solair, qui ce montre quant le soleil lui, et disparèt a lapproche du plus lègé nuage. — Si la voie du sang parlais, il ni à pas de jour ou il ne ce ferais, dans une rue de Paris, plus de reconaissance, qu'il ne c'en fails en dix an sur le theatre français. — Qui veux aprandre a bien mourire, dois aprandre auparavent a bien vivres. — Linstruction est un thrésor, et le travaille en est la clef. — Ne soite pas la mort de ton ennemy; tu la soiterait en vin; sa vie est antre les main du ciel. — Il i a des redittes pour loreille et pour lespri, il ni an a pas pour le chœur. — Tu demende a Dieu des richesse; il tant accorderaient, s'il n'avais pitiée de ta sautise. — Les pauvre peuve estre apelé les naigre de Leurope, leur sort nest pas plus heureu que seluy de ses dernier. — Quesce quune métresse ? Sest une femme auprêt de laqu'elle on ne ce souvien plus de se quon sais par chœur, sest a dire de tout les deffaux inérant a son sexe. — Qui navoura pas quil i à plus de fou que de sage, et que, dans le sage mesme, il ia plus de foli que de sajesse ?

Persone na jamait ceuillis le frui du bonheüre sur larbre de linjustise. — Tu es jeûne, ait grand soin de fuire la voluptée ; tu es a lage virille, ne manques pas de fuire les querelles et les contestacion ; tu es arrivée à la vieilliesse, fui avêque soin lavarise. — Les plus méchant des hommes sont ceux qui ne veule pas pardonné. — Fer du bien, quant on le peux, en dire de tous le monde, ne jamais porté un jujemant présipitée : sest par de tel actes de justisse et de bontée, que nous aquieront de grand droits a lestime public. — Les défaux des père ne doive jamais etre imputé aux enfant. Parsequun pere ce sera randu indignes, par ces crime, detre elevé aux amploi et aux charge public, ont ne dois pas pour cela en exclur le fils, s'il ne sen rand pas lui-meme indigne : en effet, les crimes et les fautes son personel. — Un étrangé, qui étaient a Lacedemone, admirait le respec des jeunes-jens pour les vieillard : se nest qua Sparte, dit il, quil est agréable de viellire. — Si tu voiai une vipaire dans une boitte dor, en aurai tu moin d'horreure ? Regardes du mesme oeuil le mechan anvironé déclats. — Les bien de se monde ne nous appartiène quen usue-frui ; ce corp nest quun vaitemant de louage, cette vie nest quun hotelleri. — Un magistra dois instruir le peuple par son example ; il ne doi méprisé ni les vieillart ni les peauvre ; le peuple pourais limité. — Nous somme naturèlemant portée a la dominacion ; quel santimant plus injuste ! avon-nous des droit pour vouloire nous élevé au dessut des autre? Il ni à quune dominacion lègitime, sest selle de la vertue. — Lamour des richesse est le commancemant de tous les visse, come le désintéressemant est la sourse de toute les vertue. — Sest perde doublemant son tems, que de fer sa court aux riche, parsequil son les plus nésessiteut et les plus dur des homme. — Le roy de Prusse demandais un jour à un littérateure Francais, sil croiiais en dieu? Oui, Cire, jaime a croire, répondi lecrivin, qu'il i à un etre au dessut des roi. — Contenté vous dexcellé dans les chauses de vôtre profession ; le forgeront ne fais pas de pantoufes, et le cordonié ne fabric pas darme. — Il y a des jens quil faux étourdire, pour les persuadé. — La véritée est pour les sot un flambau qui lui dans le brouliard, sens le dissipé. — Se nest jamait la peauvretée, sest lambision seul qui nous rants mal heureu et dépandant. — On ce moquent aujourdhui des Ægiptien, qui adorait leur dieux sont la figure d'un ognon ; on rit de la santise de ses moine qui ce disputait entre eux sur la propriétée et lusue-frui de la souppe quils manjait ; nous aprenont a nos nevœu a rire dautres absurditée pour le moin aussy ridicule : sepandant il vien a la tete de peut de jens sansé de ce demendé s'il croyent quelques chause de plus résonable que les sautises qui était cru par les Ægiptien et par les nation barbare. — Ce que nous gagnont en richesse, nous le perdon du coté du repot et du bonne heure. — Travailles, tu doit payé la vie par tes travaut ; le paresseu faix un volle à la sosiété. — La plus chetives cabane ranferment plus de vertue que les palets des roix. — Lessons la puissanse et les richesse aux autre hommes; pour nous, faisont que la vertuè soie notre partagès et l'unic mobil de nos action. — Les sciensés on des racines amères; mes les fruit an son dout. — Il faux déclaré la guerre a sinq chause, savoir : aux maladis dû corp, à lignoranse de lespri, au pasions du cœure, au céditions des ville et à la discorde des familles. — La nature, en nous donant deux oreille et une seul bouche, a voulue nous fair conoitre qu'il faux plus écouté que parlé. — Il i a, antre un savant et un ignorent, la meme différanse, quentre un cadavre et un home vivent. — Sest la vertu seul qui fet naître et entretien lamitié : hors lon peux dir quil ny a pas d'amitiée sant vertu. — Lutile n'est et ne sera jamaït ou ne ce trouve pas lhonnête; quiconque doute de cète vérités, peut être regardé come déja criminele. — Quant on vœu plair dans le monde, il faut ce resoudre a ce laissé enseigné beaucout de chauses quon sais, par des gens qui les ignore. — Les ministre, les homés détat commense par faire des merveille; mes presseque tous finisse par le contraire. Pourquoit sela? s'est parseque nous ne somes pas assé sévere dans nos chois. — Le sage resamble a un tireure à larque, qui ne raportent le faulte qua lui mesme, lorsequil ne done pas a sont bu. — La peauvreté mait trot souvant le crime au rabait. — Une vie réguliaire est la melieur philosofie; une consianse pur est la melieur loy. — Lhome est avides des art et des sience; il consumes ces beau jour a contamplé les fénomaine de la nature, et naprant nulemant à ce connoître. — Les conversacion d'aujourdhuy resamble au voiage quon fet sur l'eau; ont sécarte de la terre sens presseque le santire, et lon ne sapersoi quon à quittée le bort, que quant ont est déja bien loing. —

Le calomniateure est la plus cruel des betes férose, et le flateure, la plus dangéreuse des betes privé. — Rien ne prouves mieu l'insufisance de la promaisse, que labitude du serman. — Sertin Philosofe a die : Un tirant peu bien nous mètre dans les fair ; mes il ne peu pas ampeché quont le meprisent. — La calomni est come la guespe qui vous importunent, et contre laqu'elle il ne faux faire auqu'un mouvemant, amoin qu'on ne soye sure de la tué ; sang quoy elle revien à la chargent plus furieuses que jamai. — Tout cheffe pourvûe dune otorité quelleconque doi ce persuadé forteman que les homme ne son pas né pour luy estre asservi, mait que le supérieure n'ait étably, que pour deffandre et protégé l'inférieure, de même que le passager nait pas fait pour le pilotte, mait que le pilotte ait fait pour le passager. — Les jeunes femme on un malheure qui leur est commun avec les roix, celui de navoir pas dami. Malheureusemant elles ne sante pas ce mal heure plus que les roix eux même ; la grandeur prétandu des uns, et la vanité réel des autre leurs en dérobe le santimant. — Annibal étoit borgne, il se mocquat du pintre qui le paigni avec deux ieux, et il reconpansa celui qui le paigni de profille. Pourquoi sela? s'est que nous ne voulont pas être loué trop fademant, et que nous some bien ése, dun autre côté, qu'on dissimulle nos deffaut. — On doi ce consolé de ces fautes, quant on a la force de les avoué. — Ceux qui critique le plus les accions dautrui, ressamble à ses architeques, qui toujour or de ché eux, occupé à construir et a conservé les maison des autre, laisse tombé eux meme lédifice qui leurs appartien. — La maladi marches sur les pas de l'intampéranse, et la pauvretée, sur ceux de la paraisse.

— Les peti espri son comme les boutcille à goulean étrois, qui fond dautant plûs de brui, quant ont les vide, quelles contienne moint de liqueure.—Les personne dévaute son naturailemant crédul et soupsoneuse; s'est pour quoi elles admette legeremant tout se quon die des personne dune opinion ou dune sectes diférante de la leurs. — Il vaudroit bien un hérot, le financié sitoien, qui, loing de grossire son revenne par des guain illicite, ouvriroie sa bource, sans intérait, aux besoin de létat!... mes on sais que de telle homme son bien rare. — La simple honcttetée est la mélieur politaisse, et la tempéranse, le mélieur medesin. — Quant les sauvage de la Louisiane veule avoire du frui, ils coupe larbre au pieds et cueille le frui : s'est la limage du gouvernemant despotic. — Il faux estre plus lant à condamné l'opinion d'un grant home, que selle dun peuple entié. — La vrai politique est lart de faire servire à la gloire et au bone heure des Empire lindustrie, les talant, les vertus et memes jusquan vises des peuple. — Les méchan sonts come les mouche, qui parcourt le corp dun homme, et ne sarrète que sur ces plays. — Lorgueille nous céparent de la société; nôtre amour propre nous done un ran a par, qui nous ait toujour disputée. — Les mauvait critic dise souvent du male des ouvrages dautruie, comme un charlatant décrit les remaides dun autre charlatan, pour pouvoire vandre mieu les sien. — Ont triomfe dune movaise habitude plus aisémant aujourdui que demin. — Un home qui vat passée leau, est anvironé dune foulle nombreuse; les batélié sampraisse autour de luy, chaquun lui fais des offre de cervice, tout le mouvemant qui ce faits au rivage semble être pour lui; mes sort il du batan, persone ne laborde, persone ne le remarquent; ont ne lapersoit pas : sest la pinture du Ministre, lorsequil arive en plasse, et lorsequil en sore. — Lutilitée public quon poserais pour raigle et pour mesure des action des home seroient une base de moral qui leurs déplairaient fort. — Les véritable et juste conquestes sont selles que chaquun fais ché soy en favorisant lagricultur, en ancourageants les talant, en multipliants les home et les autres production de la nature. — Ont peu dire avecque résou que la jalousie est un homage maladroit que linfériorilée rañ au meritte. — Sest un grant tor à un écrivin, que destre ennuieu. Ont ennuy dant un ouvrage de moral ou de résonnemant, toute les foix quon ne reveilles pas lesprit par des idés neuf. — Le monde et la sossiété resamble a une bibliotaique, ou, au premié coup d'œil, tout parèt an raigle, parseque les livre y sont plasé suivent les forma et la grandeure des volume, mes ou, dans le font, tout est en désordre, parseque rien ni aît rangé suivent lordre des siance, des matiaire et des auteur. — Les grant homes font de grande faute; tout se qui vien deu porte lamprainte de leur géni. — Sest aitre étrangemant fol, que dansaigné la vertue, et dan négligé la pratic. — Un chœur tandre et capable dun attachemant de longue duré ne saurais etre un movait chœur. — Sest par nôtre amour propre, que lamour nous séduits; coment résisté en aiffet a un santimañ qui aubelli à nos yeu se que nous avont, nous rant ce què nous avont perdut, nous done se que nous navont pas? — Un home à talant ce trouvent souvan déplassé; lhomme de bien est toujour a sa plasse. — Lamour conjugale est bien différand en France de ce qu'il est allieur; par tout sest un sentiman, ché nous sest un aire. — Les grande vertue ce cache où ce perde ordinairemant dans la cervitude. — La libertée des presse doi existé, come nous avont toujour eü la libertée des écritoirs. — Carthage, qui faisoit la guere avec sou opulance contre la peauvreté romaine, avoient pour cela mesme du desavantage. Lor et largent sépuise; mais la vertue, la constence, la pauvretée et lamour de la patri ne s'épuisse jamais. — Un Poëte Anglet a die : Le tant de ladversité peu être regardée come la séson de la vertue. — Heureu celui qui, connaissant tout le pri dune vie dousse et tranquil, repose son chœur au millieux de sa famille, et ne veux connaitre dautre terre, que selle qui luy a donné le jour! — Les honestes gens se li par les vertus, la plupar des homes, par les plaisir, et les sélérat, par les crime. — Ont à bau fer, la véritée séchappes, et perse toujour les tenaibres qui lanvironne; le tams, qui consumes tous, detrui les erreure meme. — La plupar des hommes ne mette dans le comerse de la vie, que les foiblaisse qui serve a la sosiété. — Tout home qui naspir pas a ce fair un grant non, n'executra jamait de grandes chause. — La tiranni est toujour foible et lante dans ces commansemant, come elle est pronte et vive dans sa faim. Elle ne montres dabort qu'une main pour secourire, et elle oppriment ansuite avec une infinitée de brat. — Lidé d'un hérot est inconpatible avec lidé dun hôme sens justice, sens probitée et sens grandeure dame. — Les connaisanse nous porte a lhumanitée et a la douceure; il ni a que les préjugés qui puisse nous y faire renonser. — Ont peut dire que ceux qui se borne a la vertü, ont un esprit et un jugemant borné. — Celui qui ce devout pour sa Patri, doi la supposé insolvable, il doie mesme sattandre a la trouvé ingratte; en aiffet, il ceraitun insansée, si le sacrifise qu'il est dispausé a lui fer, netait pas jénéreu et dictée par lamour seule de la vertu. — Paris est une ville damusemant et de plesir, ou les quatres sinquieme des habitant meure de chagrain. — Si les homes ne formait pas de société, sils se fuyais les uns les autre, il faudraient leurs en demandé la réson; ils nessent tous lié les uns aux autre; un fils est née prêt de son pere, et il si tien : voila la sociétée et la causse de la sociétée. — On ce mait de nivaut avec un ennemy, lorsequon se vange dun offanse; ont sélevent au dessut de luy, l'orsquon loubli.

Il en couste bien plus pour nourir un vise, que pour entretenire dix malheureux à la fois. — Un enfant doi estre dans un éternel appréencion de fair quelleque chausse qui déplèse a ces parens; cette crinte dois locupé sans cesse : en un maux, il dois agire dans tout se qu'il fais, aveque tant de précotion, quil ne face jamais rien qui ofense ou qui afflige tont soi peut les aucteur de ces jours. — Lestime de soi mesme, qui ce fèt trot sentire, ne menque jamais detre puni par le mépri universelle. — Les persone poli on fréquamant de la douseur dans les meurs et des calité liente : sest la seinture de Venus, avec elle on ait sertin de gagné tout les cœure. — On ne parvien guerre a amasé de grandes richesse, sang fair trois sacrifices inapprésiable : celuy du repau, selui de lhonneur, et seluy de la réputation. — La justisse et lumanitée nous egale aux Dieu. — La fortune des riche, la gloire des héraut, la magesté des roix, tout finie par *si gisé*. — La modéracion dans les plésir nait pas toujour une vertue; telle home est an reputation de sajesse, qui na que du flaigme et de linsansibilitée. — Si tu veut corrigé les autre, il faux comancer par te corigé toi mesme. — Tout ouvrage qui ne fèt pas faire un pas de plu vers la perfection, est inutille. Jeunes auteur, médité donque lontant avent que décrire. — Lhomme doits se raproché souvant de la nature; sest dans la contamplation de ses euvres, quil ce forme les vrais idés du beau. — Des paines a soufrire, des bien quils fauts lesser : telle est linventaire exacte de la vie; et la pouciere en pouciere est le terme de toute les grandeures de la terre. — Faire sa fortune nest pas le sinonime de fair son bonheure; lun peu sependant saccroistre avec lautre. — Veu tu naitre jamais contrariée et réusir dans tes projet? fait tes affair toi mesme. — Les hommes son toujour contre la réson, quant la réson est contre eux. — La jeunaisse sans expériance, attiré par une lueure troupeuse, ce précipitte sur une foulle de maut; les annés instruise lhomme, il se détrompe en viélissant; mais, desquil a trouvée lard de vivre, les porte de la mort souvre. — La richesse est un poids dor, une sourse dinquiettude, un plésir melée damertume, un sujet éternelle de jaloussie et de procéts. — Lhomme a bésoin de si peut, et pour sy peut de temps! pourquoi donque se fatigue-t'il vénemant a tandre de nouveau et a rajusté lare don la nature relaches et brisent successivemant toutes les corde. — Raremant les Ministres qui ont de lespri, choisisse des hommes supérieur pour les mette en plasse, il les croit trot indosiles et trot peu admirateur. — La sautise veux toujour parlé, et na jamais rien a dire : voila pourquoi elle est tracacière. — Un seule example produi plus d'effait, que sent volume.

d'exortation ou de menase. — Ont ne peu pas, en compagni, jugé de tout l'esprit dun home; on peu jugé de la parti bone a la sosiété, mais non pas de la profondeure des idés. — La bienfaisanse est une sourse, don les eau filtre et se perde sens utilitée, l'orsquon n'en dirige pas le cours; il faut luy ouvrire des canots. — Il est des segrets qu'on ne doic confié, quaprais avoir mérités lestime de ceux a qui on aüse les révellé. — Dans la douleure imprévu, on se fèt des consolation de mil chause qui, le moman dauparavent, aurait été des sugets de chagrain. — La simpatie est une confidanse segrette. — Lorsquont se voit generalemant haie, on sais toujour pourquoit on lest. — Sy jinterogeait tout reformateure sur ces motif, et qu'il fut de bonne foy, il me reponderait : Je veut regné. — A la Coure, on ce pert par les dupes que lon faits, si lon na pas lar dans faire. — Je ne metonnes pas si lespri, qui, de toutes les calitées, devrais etre la plus aimable, est aujourd'huy la plus suspect. Qu'elle usage fait-on de son esprit? un arme a feux est moint dangéreuse. Sy lon pouvais deffandre par une loy davoire de l'espri, je ne serait pas étonnée qu'il fut un jour deffandu dan avoir, come il lest de porté des pistolait. — Ceux qui son incapable de faire de grande fôte, son peut capable de faire de grande chause. — Le principe de nôtre estime ou de nôtre méprit pour une chause, est le bésoin où l'inutilité dont élle nous ait. — La justisse est un raport des accions des particulié avec le bien publique. — Les home lait en générale on plus despri, parsequils on ene moin d'occasion de plésir et plu de taut pour étudié. — Listoire est le romant des fait, et le romant est listoire des santimant. — Passer son tams a contamplé des chose tout a fèt frivolle, cela sappelle bailler aux corneille. — Listoire anseigne que la vertue na rien a gagnée avec les homme; que, sur sans, a paine san trouve til un vertueux par inclinasion, et quils son tous faut et perfide. — Le romant au contrère ne nous présente que des modaile de droitur et de fidélitée. — La prérogative du filosofe est de naitre surpri par aucun evenemant; rien ne peux étonné en aiffet seluy qui a plasé sa confience en Dieu. — Il faut rire avant detre heureu, de peur de mourire sant avoir ris. — Ont ne faix pas de sacrifise à la réson sans un painible effor. — Ladvercitée est cent doute un grant maitre, mes ce maitre fais payé chere ces lecon, et souvant le profi qu'on an retir, ne vaux pas se quelles ont couté. — Les plus petite machine fond souvant mouvoire les plus grande chause. — La jennaisse inexpérimanté croie pouvoire ce suffir a elle mesme; mais ignorente come elle lait, sujet a mil bésoin, environé de dangé, que deviendrais telle privé de nos conseille et de nos secour? — Pour bien gouté le bonne heure, il faut avoir étée mal heureu. — La natur avare de ces prodije, ne done que de loin en loin de grant homme a la terre; nous devont donque honoré et respectée a jamait ceux don les action sélebre son concigné dans listoire, où ceux dont nous avons nous mesmes le bonheure d'admiré les vertu éclatente. — La cupiditée rant lhome malheureus, en lui randant insupportable les privation qu'il andure. — Il arrive fréquamant, et l'esperianse le démontrent, quun evenemant qui nous parêt heureu, et dont nous avont vivemant desirée le succès, resselle dans sont sain le germe de nos maus. — Un intendans écrivi au bas dun plaset une ordonnanse au crayons. Ont en appella au Conseille. Monsieur d'Aguesseau, prenant la parolle, die : sest une affaire à terminé avec de la mi de pain.

Un sage joui des plésirs et san passe comme ont fait des fruit en ivert. — Résonner pour la plupart des homme, sest le pêchés contre nature. — Si quelquun vous parois exsessivemant vertueux, où si vous rancontré un home qui, déchéné contre les vise, ne compati pas aux foiblesse d'autruie, ressouvené vous de mais parolle : croyé que cette home en aparanse ci parfait, cache sou des déhort séduisant un choeur gonflée dorgeuille et de luxure. — Rien ne mamuses plus que d'antandre un conteure ennuieu faire une istoire circonstantié; je ne suie pas attantif a listoire, mes a la magniere dont il l'a fait. — Pour la plupart des jens, jaimes mieu les aprouvé, que les écouté. — Quant je me fis a quelquun, je le fait sant réserves; mais je me fis a trait peu de personne. — Ce quon appelle subtilitée despri, nest souvant quune incapacitée singuliaire de pansé solidemant. — Il faux plus de finesse pour savoire etre économe de son espri, que pour an paroistre prodigues. — Si tu est sage, tu ne fera a autruy que se que tu voudra quon te faces; tu na besoin que de cette loy, qui est regardé comme le foudemant et le prinsipe de toute les autres loix. — Quant ont veux devenire philosofe, il ne faux pas ce rebuté des premieres découverte afflijante quon fait dans la connoissance des homme; il faux, pour les connoitre, triomfé du mécontantemant qu'ils donne, comme lanatomiste triomfe de la nature, de ses organe et de son degoust, pour devenire habille dans son art. — On voie tous les jour des homme cē coupée une main caugrené, pour conservé le reste de leur corp. — Les jens qui on peut daffaire, son de tres grand parleur; moin ont panse, plus on parle: sest pour quoit les fames son sujaite a parlé plus que les homme. — Une nation ou les fames donne le tont, peut etre regardé comme une nation parleuse. — Lespri veux presseque toujour avoire réson, et le chœur ne veux jamais avoué ces tort. — Il èn est de la plus part des savant, comme des finansié, qui sons souvant dantant plus orgeuillieux, qu'ils ce sons plus anrichi au dépend dautruy. — Ceux qui dise ce qu'ils faux taire, taise ordinairemant ce quils faux dire. — Les passion son les image du bien et du malle. — Il en est de ladmiration comme de la flamme, qui diminut, des quelle sesse d'ogmenté. — La plus part des jeunes auteurs croit etre délicat, lorssequ'il ne son que rafiné. — Il nest pas d'ansant qui antaite autant une famme, que celuy qui ne brule pas pour elles. — Si la noblesse est fille de la vertue, on peu dire que sest une fille qui a trop souvant tuée sa mere. — Il est des défaux aimable, comme il est des laideure qui fonts fortune. — Le devoire des femme est d'estre vertueuse; leurs privileges semble les borné a le paraitre; plusieures oubli leur devoire, mes toute ce souviene de leurs privilege. — Quesse quun filosofe? Sest un homme qui opose la nature a la loy, la réson a lusage, sa consiance a lopinion, et son jugemant a l'erreur. — Au lieux de vouloire corigé les homme de sertin traver insuportable a la sosiété, il auroit fallue corrigé la foiblesse de ceux qui les souffre. — Il i a des hommes qui on la manie de sélevé sans cesse au dessut de leurs semblable. Pourvu quil soyent en évidance, tout leurs est égale ; sur des trétau de charlatant ; sur un téatre, un trone, un échaffot, ils serons toujour bien, pourvus quils attire les ieux. — Partout ou je trouve l'envi, je me fait un plaisire de la désespérée ; je lous toujour devent un anvieux ceux qui le fond palire. — La vie est un journale sur lequelle on ne dois inscrir que de bonnes action. — Les vérité quon aimes le moin a antandre, son selle quon na le plus dinté- rait a savoir. — Ramplacé la perte dune aventage où dune agrément par laquisition dune vertue. — On paye chere le soire les foli du matin. — Il ni a pas dhome que la fortune ne viène visité une foie dans la vie ; mais lorsquelle ne le trouve pas prait a la rese- voir, elle antre par la-porte et sor par la fenaitre. — Il est une remarque bien vrai affaire, sest que la plupar des chose qui nous fon plésirs, son dérésonable. — Combien i a til dhomme qui puisse dire, insi que le vray filosofe : J'ai fait en ma vie bien des sautises ; mes ont ne peus me reproché aucun acte de méchan- cetée. — Les livre enciens son pour les auteur ; les nouvanté, pour les lecteur. — Il an est dun segret comme dun trésort. Desquune foie ont sais ou il est, ont ne tardes pas a le découvrire. — La tanpé- ranse est un arbre qui à pour rasines le contantemant de peut, et pour fruit le calme et la paix. — Pour- quoi faux-til que la plupar des homme soyent plus ca- pable de grande accions, que de bonne ! — Les jens qui on baucoup despri, tombe souvant dans le dédin de tout. — Il i a deux chose qui perde les homme : se son labondanse de richesse et labondance de parolle. — Les amie devrais ce donné le mot pour mourire le mesme jour. — Nous voyont fréquamant que les jens despri sont gouverné par des valait, et les sot, par des jens desprie. — Quant une foie lambicieux est déchue, il ne vit plus qua ses propre ieux; il à joué, il à perdue : tel est listoire de toute sa vie. — La plupar des orateur nous donne en longeur se qui leurs manque en profondeure. — Les jens déglise on toujour étée les flatteur des prinse, quant ils non pu etre leurs tirant. — Celui qui expérimante, augmante ses lumiére; celui qui croie, accroie ses érreures. — Aimé à lire, sest faire un échenge des heure dannuy, quon doit avoire dans se monde, contre des heure vraimant délisieuse. — Je nay jamait put comprandre commant certain roix on cru aussy aisémant quils étoit tout, et commant les nations on été aussi disposé a croire quelle n'etoit rien. — Informes toi du voisin, avant de prandre maison, et du conpagnon avant de faire routte. — Si je savait quelleque chose qui me fut utile, et qui fut préjudisiable a ma famille, je le regetteroit de mon esprie. Si je connoissoit quelleque chose qui fut utille a ma famille, et qui ne le fut pas a ma patrie, je chercherait à loublié. Si je savait quelle que chose utile à ma patrie, mes qui fut préjudisiable au genre humain, je le regarderoit comme un crime.

Si lon ne voulais qu'etre heureux, cela serais bientot fait, mes on veux estre plus heureux que les autre, et cela est presseque toujour difficile, parseque nous croiont les autre plus heureux quils ne le sont réellemant. — Ceux qui ne donne que leur parolle pour garand dune assersion qui resoit sa force de ses preuves, ressamble a celte homme qui disoit : Jai lonneur de vous assuré que la terre tourne autoure du soleille. — Dans les grande chose, les homme ce montre comme il convien de ce montré ; dans les petite, il se montre tel quils son. — Quant on veux évité detre charlatant, on doit fuire les trétots; car si lon y montes, on est forsé a etre charlatant : sans quoi lassemblé vous jettent des pierre. — Les méchant font quelque fois de bonnes accions; on dirais qu'ils veule éprouvé sil est vray que cela face autant de plésir que le prétande les honnetes gens. — Un filosofe définie tres bien la sélébritée, quant il die que sest lavantage detre connu de ceux qui ne vous connoisse pas. — Le changemant de modes est l'impô que l'industri du pauvre met sur la vanitée du riche. — Lamour est une foli aimable, et l'embition nest quune sautise sérieuse. — Voulé vous voire à quelle point chaque etat de la sosiété corront les hommes? examiné ce quils son, quent ils en ont le plus long tems éprouvé linfluance, sest a dire dans la vieilliesse ; voyés ce que sest quun vieut courtisant, un vieut prestre, un vieut juge, un vieut procureure. — Jay souvant remarqué que le premié mouvemant de ceux qui ont fait quelquaction éroique, qui ont arraché des infortunés a la mort, qui on courus quelque grands pérille, qui ont procurés des avantages à leurs concitoyens, jay, dije, remarquée que leur premié mouvemant a été de refusé la récompanse qu'ont leurs offroient. Ce santimant sest trouvé dans le coeur des hommes les plus indigeant et les moins instruit. Quelle est donc cette instint morale, qui avertie lhomme sans éduquation, que la réconpanse des bonnes oeuvres est dans le cœur de celui par qui elles on été faites? il samble, quand nous les payant, on nous les otes. — Trois choses ne se connoisse quen trois occasion : le courage a la guère, la sajesse au moment de la colere, l'amitié dans ladversitée. — On donne des répats de vint louis à des gens en faveure de chaqun desquel on ne donneroit pas un petit écue, pour qu'ils fisse une bonne dijestion de ce même diné de vingt louis. — Voicy lépitafe qu'on lie sur la tombe de l'auteur de Télémaque : « Sous cette pière repause » Fénélon ; passant, n'efface point, par tes pleures, » cet épitafe, afin que dautre la lise et pleure comme » toy. » — Le mot qui téchappe, est ton maistre ; celui que tu retient est ton esclaves. — Un ame fier et honneste, qui a connue les pacions fortes, les fuit, les craint, dédégne la galenterie, comme lame qui a sentie lamitiée, dédégne les liaison commune et les petits intérait. — Quant un homme et une femme on lun pour lautre une tandresse pur, fondé sur lestime, il me samble que, malgrée tous les obstacles qui les sépares, ses deux etre privilegié son lun à lautre de part la nature, qu'ils sappartienne de droit divain, nonostant les loix et les convantions humaine. — Pourquoi ce prévien ton tous les jours contre des gens don on na jamais eü à se plaindre? Il est bien vray cette adage, qui die : que de gens réputé méchant, avec lesquel on seraie trop heureux de passé sa vie antière! — Plus on est élevés, plus on doit creindre ; les riches son toujour plus expausé que les peauvres, et la foudre, en tombant, frappes les plus haute montagne. — S'est bien a tord que les personnes qui aublige, seulement pour leurs intérait, demande qu'on leurs en aient aubligation. — La modestie est au méritte, se qu'une gase légere est a la beautée ; elle peux en diminué l'éclat en apparanse, mes elle en réausse le pri dans sa réalitée. — Le saut ce reconais a six attribu : il ce fache sens motif ; il parle sens utilitée; il ce fit sens connaistre; il change sens réson; il interoge sur se qui lui es étrangé; anfin il ne sait pas distingué son amy de son ennemy. — Heureux, le peuple dont le souverin, amant de son épouse, sans etre son esclave, ne chérissant quelle, son peuple et la vertu, respectent les loix de lhiméné, si souvant violé sur le throne, et trouvent ses plaisir dans ses devoir! Sure detre respecté, tant quil se respectes, il voit tous les jours que lestime public justifit celle quil a nécessairemant pour lui; son example prépares la révolution des meurs, et rappelle, par dégrès, la vertue sur la terre. Lhomme avily par la déboche, n'ause plus prétandre au reng ou sa fortune lui permettait d'aspirée, et l'ambition, plus forte dans son coeur, que ses autres passions, le forcent a ressambler à son prince, sil veut mérité dan etre appersu. — Une seul journé d'un sage vaux mieux que toute la vie d'un saut. — Un bon livre est le mélieure des amis. Vous conversez agréablement avec luy, lors que vous navez pas un ami au qu'elle vous puissiez vous fier. Il ne revelle pas vos segrets, et il vous enseignent la sagesse. — Les hommes et les affaire on leur poing de perspective; il y en a quil faut voire de prêt pour en bien jugée, et dautres don on ne jugent jamais aussi bien que quant on en est éloignée. — Les plus hautes dignitée ne son que de beaux piédestaut, ou lon ne doit paraistre que fort petit, quand on ne si est pas élevée par sa propre vertu. — Le plus belle éritage quun pere puisse laissé à ses enfans, éritage milles fois préférable aux plus riches patrimoine, s'est la gloire de ces vertus et de ces belles action. — Lorfelin n'est pas celui qui a perdue son pere, s'est celuy qui na ny sciance ny bonne éducation. — Une chose injuste ne saurait estre ny avantageuse ny utille. — L'abbée Fouquet, favori du Cardinal Mazarin, aiant poussé la hardiaisse jusqua montré, sur une carte, lendroie ou monsieux de Turenne devait passé une rivière, ce Maréchale lui donnat séchemant sur le doit, et lui dit : Monsieur l'abé, vôtre doit nest pas un pont. — Come on reprochait un jour a Milton de navoir pas ensaigné le latin a ces filles : Une famme, répondi-t'il, a bien assé dune langue. — Un auteur injustemant critiqué sans consollait en disant : Quant ont ne diras plu de malle de moi, sest qui ni aura plu de bien a en dire. — Jay lu dans un manuscript de Lavater : Le grand bonheure est dans le flu et le reflu de doner et de resevoir.

Quant bien mesme limmortalitée de lâme seraient une chymere, je serais fasché de ne pas croire que mon ame soie immortel ; et, en cela, j'avous que je ne suit pas aussy umble que les athé. J'ignore commant il panse ; pour moi, je ne veut pas troquée lidé de mon immortalitée, contre selle de la béatitude d'un jour. Je suit charmée de me croire immortel come Dieu mesme. Indépandamant des idé révellé, selles que jay dun Dieu vengeur et rémunerateur me donne une très-forte espérense de mon bonheur éternelle ; cette espérence me soutien, et je ne voudrait pas y renoncé. — Nest-il pas vray de dire que lamour propre est le plus grand de tous les flateur ! — La vertu est labitude des bonnes action, le vise est celle des mauvaise. — Une action est bonne où mauvaise, selon quelle est, où non, conformes aux loix. — Lintairèt parle toutes sortes de langues, et joue toute sorte de personnages, mêmes celui de désintairessé. — Le caprise de nôtre humeure est plus bizare que celui de la fortune. — La sinsérité est un ouverture de cœur, ont la trouvent en fort-peu de gens, et celle que l'on voit dordinère, nest quune fine dissimulation pour attiré la confiance des autre. — Si nous navions pas dorgueille, nous ne nous plindriont pas de la vanitée d'autruie. — Ce que les homme sont convenu dappelé amitiée, nest quune sossiété, un ménagemant resiproque dintéraits, une échange de bons offise; ce nest aufin qu'un commerse où nôtre amour propre ce propose toujours quelque chose a gagné. — Ont vous di quelquefois pour vous angagée a allée chez tel ou tel femme : elle est tres aimable...., mais, si je ne veut pas laimé ! il vaudroit mieu dire : elle est tres aimante, parsequil y a plus de gens qui veule etre aimé, que de gens qui veule aimé soi meme. — Lamour plaist plus que le mariage, par la réson que les romants son plus amusant que les istoires. En amour, il suffie de se plaire par ses qualitées aimables et par ces agrément; mès en mariage, pour êstre heureux, il faux saimé où du moins se convenire par ses deffaux. — Le mariage, tel quil se pratiquoit ché les Grands, étoit une indesense convenu. — La pire de toutes les mésalliense est celle du cœur. — Si lon veux se faire une idée de lamour propre des femmes dans leur jeunesse, qu'on en jüge par seluy qui leurs reste, après quelles on passés lage de plaires. — C'est avec raison, quon die dun homme tout a fait mallieureux : Il tonbe sur le dot, et ce casse le né. — Une femme impérieuse, sans espri, et qui veux plaire, est un pauvre qui commende quon lui face l'omone. — Il y à une farce italienne, ou Arlequain di, a propot des travers de chaque sexe, que nous seriont tous parfait, si nous nétion ni homme ni femme. — Détronper un homme préocupé de son mérite, sest luy randre un aussi mauvais servise; que celui quon randit a ce fou d'Atènes, qui croyolt que tout les vessaux qui arrivoit dans le port, étoit à lui. — La femme qui sestime plus pour les qualitées de son ame où de son esprit, que pour sa beautée, est une femme supérieur à son sexe. Celle qui s'estime plus pour sa beautée, que pour son esprit ou pour les qualité de son ame, est de son sexe. Mais celle qui sestime plus pour son rant où pour sa naissance, que pour son esprit où pour son ame, est au dessout de son sexe. — Il paroit quil y à dans le servaux des femmes une caze de moint, et dans leur cœur une fibre de plus, que chez les hommes; il falloit une organization particuliaire pour les randre capable de supportée, soigné et caressé des enfant. — C'est a lamour maternelle, que la nature a confié la concervation de tous les etre, et, pour assuré aux meré leur récoinpance, elle la mise dans les plaisir et mesmes dans les peine attaché a ce délisieu santimant. — La filosofie trionfe aisémant des mots passé et avenire; mes les mot présant trionfe d'elle. — Il faux de plus grandes vertue pour soutenir la bonne fortune, que pour supporté la mauvaise. — L'état de société ne faîs pas, où du moins ne deverait pas faire cessé légalitée; au contraire, elle deverait lassurée et la deffendre. — Le bon heure des hommes doit naitre de la morale bien consu. — Les anciens, insi que les modernes, ont attachée une idée de noblaisse a l'oisivetée; sependant loisiveté est la source de tout les mot, dans la politique et dans la moralle — Quand les loix seron simple, les meurs le seron aussy; l'amour de ces semblables' condui infailliblement à la bonté des meurs. — Quel pouvoit être la puissance des loix, quand lhomme du peuple voïait son pareille condui a léchaffot pour le même crime qui envoyait un seigneur en exille? — Légalitée des richesse est une chimere qui na pas dexample; le partage des terre ne vaux rien ni comme action, ni comme loy. — Peut de gens connoisse la mort; on ne la souffrent pas ordinairemant par résolution, mais par stupidité et par coutume; et la plupart des hommes meure, parce qu'on ne peux sempescher de mourir. — Si nous n'avions pas autant de deffauts, nous ne prenderions pas autant de plaisir a en remarqué dans les autres. — Quoi que les hommes se vente de leurs grandes action, elles sont fort souvent, non pas les effait dun grand dessin, mais les effait du hazard. — Nôtre défliance justifit la tromperie dautrui; mais, selon moi, il est plus honteux de ce défié des autres, que d'an être trompé. — Certins vieilliards aime à donné de bon préceptes, pour se consolé de n'être plus en état de donné de mauvais exemple. — Rien ne doit diminué autant la satisfaction que nous avons de nous même, que de voir que nous désapprouvons, dans une circonstance, ce que nous approuvions dens un autre. — Les instans sont à nous, n'attandons pas les années. *Aujourd'hui* est la, gardons nous de le perdre; si *demain* arrive, tant mieux! il faudra le traité comme un amy que le ciel nous envoit, et le féter, dut il partir le soir même. — Selui qui à taché de vivre de maniere a navoir pas bésoin de songé a la mort, la voie venir sans effroy. Qui sandort dans le sain d'un père, nest pas en sousi du reveille. — Les mauvaise maximes sont pir que les mauvaises action. Les passions dereglé inspire les mechantes action; mes les mechante maximes corompe la raison mesme, et ne lesse plus de ressourse pour revenire au bien. Choisissons nos modéles dans lantiquitée, parce qu'ordinairemant on ne nous y presante que de grands examples. Dans les modernes, limitation peux avoir ces inconvénians; raremant les copies réussisse. Il y a longtemps quon a dit que toute copi doit tramblé devant son originale. — L'histoire transmet à la postéritée les vertus des hommes célèbres et les crimes des méchand; on ne sauroit donc trop lire l'histoire qui nous donne la mesúre de vénération que nous devons avoir pour les uns, et daversion pour les autre.

SECONDE PARTIE.

PARTICIPES.

Les lois sont faite pour le plus grand avantage de tous ; il faut donc obéir aux lois qu'on a établi (1). — La nation qui n'est assujéti à aucune loi est condamné à vivre très mal-heureuse. — C'est l'absence des lois qui à toujours produit l'anarchie, mille fois plus cruelle que le despotisme. — La liberté sage, que les philosophes ont toujours aimé, peut-être regardé comme la source des vertus morales, et comme le véhicule du génie. — La tyrannie insupportable que le vrai phi-

(1) Cette seconde partie est essentiellement consacrée aux fautes que l'on commet sans cesse contre les PARTICIPES français. On me dira peut-être que pécher contre la règle des Participes, c'est pécher contre l'Orthographe. Je réponds à cela, que la plupart des fautes contre les participes semble appartenir plutôt à la langue écrite qu'à la langue parlée; telles sont les fautes ci-après : les ouvrages que j'ai *composé*, les histoires que tu a *lu*, les hommes qui se sont *rendu* méprisables, la route que nous avons *suivi*, etc., au lieu de *composés*, *lues*, *rendus*, *suivie*. La violation de la règle dans ces propositions, blesse les yeux et non les oreilles, consiste dans la manière d'écrire, et non dans celle de parler. Il n'en est pas de même des propositions suivantes : les actions que tu as *commis*, les bornes que nous nous sommes *prescrit*, les chansons que j'ai *fait*, etc., au lieu de *commises*, *prescrites*, *faites*. Ces fautes appartiennent tout à la fois à la Cacographie et à la Cacologie, elles choquent les oreilles autant que les yeux.

losophe a toujours détesté, n'a jamais produit que la corruption des moeurs publiques, et le malheur des nations qui ont pliées sous un joug de fer. — Dans un État despotique, les hommes n'osent faire usage de la raison qu'ils ont reçu en partage. Si donc l'homme ne peut pas dire : je veux ou je ne veux pas, on ne pourra pas lui accorder des éloges, ou lui faire des reproches, selon les actions bonnes ou mauvaises qu'il aura fait. — L'indépendance, que le vrai philosophe a toujours chéri, fut en tout temps l'idole des hommes les plus célèbres. — Qui ne sait que Sophocle, Démosthène, Cicéron, Corneille, Rousseau et Montesquieu, dont nous avons lus les ouvrages, étaient passionné pour la liberté, qu'il ne faut pas confondre avec l'infâme licence? — Assiégé dès l'enfance d'une foule de préjugés honteux, qu'on a vainement combattu, nous devons, ont-ils dits, briser ou plutôt les liens d'un esclavage aussi funeste. — O! que j'envie le sort de ceux qui, exempts d'affaires publiques, et loin des cités bruïantes, passent leur vie dans les campagnes qu'ils ont hérité de leurs ancêtres! — On conviendra que, depuis qu'il est permis de respirer, les communications entre les individus faits pour se rapprocher, se sont un peu rétabli. — Il est à désirer que les honnêtes gens ne se séparent plus, et qu'ils tachent de dessiller les yeux des hommes que la force des circonstances à égaré. — La meilleure manière de se venger d'une injure, c'est de ne pas imiter celui qui l'a fait. — De tout temps, les despotes, ennemis nés des talens, se sont entouré d'hommes assez corrompus, pour se vendre; où assez sots, pour ne pas s'apperceveoir des atrocités de ceux auxquels ils étaient attachés. — L'homme, qui est si vain, est sur le point de rendre à la nature sa poussière, qu'elle ne lui a prêté que pour une heure. — On doit être consolé des fautes qu'on a commis, lorsqu'on songe combien on pourrait en commettre de plus grande. — L'Égypte, le berceau des sciences, les avoit à peu près perdu, faute de ce grand moyen conservateur et propagateur : la presse de l'imprimerie. Dans les derniers jours du dix-huitième siècle, une imprimerie s'est établi au Caire. Qui donc l'y a porté? La nation française. — Soyons doux et bienfaisans, aimons a obliger ceux à qui il est en nôtre pouvoir de rendre services. Les bonnes oeuvres que nous aurons fait, ne seront jamais perdu pour nous. — L'instruction publique, qu'on avait tant négligé jusqu'à présent, peut seul opérer la réforme des moeurs, qu'une licence excessive a corrompu, réforme utille et indispensable, que les vrais amis du gouvernement ont sollicité depuis un grand nombre d'années. — Les jeunes-gens doivent faire en sorte que les études qu'ils ont fait, et les instructions qu'ils ont reçu, se répandent sur leurs moeurs : de plus, que tout le profit de leurs lectures se tourne en vertu. — Qu'ils est doux de faire de bonnes actions! qu'elle peine ne ressent pas intérieurement celui que sa consciance accuse! rien ne peut suppléer à la joie que les remords ont ôté. — Les bienfaits que nous avons reçu de quelqu'un, veule que nous excusions les mauvais procédés qu'il a eu quelquefois à notre égard. — L'expérience est une école, où les leçons coûtent chères; heureux celui qui les a pratiqué ou qui les pratique! — Quant un ami nous a trompé, on ne doit que de l'indifférence aux marques extérieures de son amitié; mais on doit toujours être sensibles aux malheurs qu'il éprouve où qu'il a éprouvé. — La vraie philosophie, celle que j'ai adopté, n'est pas conforme à la philosophie des Platon et des Xénocrate. — Jeunes princes, nous vous avions donné de bons conseils; mais vous ne les avez pas suivi. Des courtisans mal adroits vous ont trompé. — Aristide était un citoyen dont la justice et la douceur était admiré de tout le monde; cependant il fût condamné à l'exil par ces compatriotes, qui ne pouvoient souffrir qu'il exista un homme plus juste qu'eux. — Le vertueux Aristide ne pût détourner la basse jalousie que son mérite personnel avait excité contre lui : tant il est vrai que, plus on a de qualités essentielles, plus on a d'envieux. — Je ne saurais approuver la conduite que ce jeune homme a tenu dans une circonstance ou il auroit pu au contraire se faire beaucoup d'honneur. — Combien d'ouvrage de mauvais goût inonde aujourd'hui la république des lettres! Tant s'en faut que je les ai lu, qu'au contraire je les ai éloigné de ma maison. — L'expression dont vous me parlé, a déjà été employé par divers écrivains du premier mérite; c'est pourquoi je pense qu'on peut s'en servir. — Cette action bien belle que vous venez de me raconter, se trouve consigné dans la feuille périodique qu'on m'a donné à lire aujourd'hui. — La justice et l'humanité, dont nous faisons tant de cas, ont toujours été honoré par les nations les moins poli. — Les peuples eux-même que l'on à regardé comme sauvage, ont admiré et estimés les hommes justes, tempérants et désintéressés : tant il est vrai que le désintéressement, la tempérance et l'équité mérite tous nos hommages! — Cette pensée était bien belle, mais vous l'avez gâté en la traduisant d'une manière sèche et triviale. — Je ne sais pourquoi les volumes qu'on avait apporté ici, ont été enlevé, et comment ils l'ont été à l'insu de tout le monde. — L'histoire que vous m'avez lu n'est pas du tout vraisemblable ; son auteur l'a rempli d'incidans et d'anecdotes ; auquel on ne saurait ajouter foi. — On dit que l'armée ennemie est atténué tant par les combats et les batailles qu'elle a livré depuis un mois, que par la privation des différentes troupes auxiliaires qu'elle a envoyé sur divers points. — Vous voyez des malheureux que j'ai reçu chez moi; ils ne savoient de qui implorer la pitié, et je les ai accueilli et secouru avec les meilleures intentions. — Ce peuple n'est pas aussi barbare que vous le croyez peut être; je connais ses usages et ses coutumes, que j'ai étudié, lorsque je vivais au milieu des champs qu'il habite. — Que de gens, mêmes lettrés, pèchent contre la règle des participes, parce qu'ils ne l'ont jamais connu ni étudié! La grammaire que j'ai donné au public, leurs facilitera l'intelligence de cette regle. — Je me suis accoutumé depuis long-temps à écrire les difficultés que j'ai rencontré; c'est pourquoi je les ai toujours vaincu, quand elles se sont présenté. — Les exploits d'Alexandre ont été vanté par quelques historiens; pour moi, loin de les admirer, je les ai toujours jugé digne de blâme. — La métérie que nous avons acheté, ne nous a pas coûté fort chere ; parce que celui qui nous l'a vendu, avoit le plus grand besoin d'argent. — Les plus grandes fautes ont été commis par les plus grands hommes; il semble qu'elles aies été marqués au coing de leur génie. — Lisez souvent, mon ami, les bons ouvrages que je vous ai procuré; je sais que vous les avez seulement parcouru, ce qui ne suffisaient pas. — La vraie philosophie tend à former l'esprit et le cœur; ceux qui l'ont étudié avec le desir de devenir meilleur, ont trouvés des charmes réelles dans l'étude qu'elle exige. — Tes sœurs sont venu admirer les distributions que tu a fait dans le jardin et dans la ferme que tu a acheté; elles ont parus contentes des changemens que tu y a introduit. — Ce jeune homme n'a pas rempli les devoirs qu'on lui avoit prescrit; j'ignore qu'elle est la vraie cause de ce manque de soin; je ne sait qu'elle excuse il pourra apporter pour légitimer en quelque sorte son inexactitude; mais je le préviens que je ne le recevrez plus, s'il persévère dans la conduite qu'il a tenu jusqu'ici. — L'intérêt que nous prenons aux temps qui nous ont précédé, et a ceux qui nous suivrons, ne provient que de l'attachement que nous avons à la vie. — On avoue les torts qu'on a eu, et l'on nie ceux qu'on à; de même on raconte les maux qu'on a souffert, et l'on cache ceux que l'on souffre. — Vous ne connaissez pas bien la tolérence; cette vertu est très-belle, mais chacun l'a défiguré où mal défini jusqu'à ce jour. — Je dois rapeler a cette femme les principes qu'elle a suivi dans l'éducation de ses enfants, et les leçons qu'elle leur à donné. — La saison est devenu moins froide; c'est pourquoi les hirondelles, avant-coureuses du printemps, sont revenu dans nos régions, qui naguère leurs paraissait glacé et inhabitables. — Je porterai à vôtre sœur les œillets et les tulipes que j'ai cueilli dans ce riant parterre. — Que de belles actions on nous a raconté! que de traits sublimes on a consigné dans les annalles de la vertu, depuis que la révolution s'est opéré ! mais aussi que d'horreurs, que de scènes sanglantes ne seront jamais oublié, puisque des historiens véridiques les ont recueilli ! — Vous ignorez les règles que je vous ai enseigné, parce que vous n'avez pas jugés à propos d'écouter l'explication que j'en ai donné. — Vous n'avez pas lu, mes amis, la grammaire que vous avez acheté ; cependant je ne vous ai conseillé d'en faire l'acquisition, que pour vous mettre à porté de faire une excellente provision de connaissances grammaticales. — Les fables que mon oncle a lu au Lycée, lui ont obtenus les applaudissements de tous les hommes éclairés. — L'idée de cet ouvrage est bien bonne, nous l'avons emprunté d'un opuscule fort peu connu, et qui a été traduit de l'espagnole. — Chérissez vos parens, qui vous ont prodigué milles bienfaits ; aimez votre patrie, que les bons citoyens ont toujours servi et serviront toujours. — Parmis les pièces nouvelles que ce théâtre a donné, nous avons distingués avec plaisir la tragédie qu'on a représenté ce soir ; elle nous a parue heureusement intrigué et écrite avec goût. — Les absences qu'a fait cet écolier, n'ont pas peu contribué à lui inspirer le dégoût du travaille ; faut-il être surpris d'après cela, qu'il paraisse s'éloigner de plus en plus de l'étude qu'il n'a d'aillieurs jamais aimé ? — Je vous donnerez les ouvrages que votre père a composé dans ses momens de loisir ; quand vous les aurez lu, vous me les remettrez. — Periclès ne tarda pas à éclipser la réputation qu'avaient usurpé de sots déclamateurs et d'ennuyeux sophistes.

La Nation française sera triomphante, lorsqu'enfin elle aura établie au dedans la paix que nous avons tant souhaité, et lorsqu'elle aura pardonnée les outrages qu'elle a reçu au dehors. — J'ai lu les beaux plaidoyés que cet avocat a fait, je les ai admiré, quoi que je ne partage pas ses opinions. — Suivez, mes amis, les bons conseils que votre mère vous a donné; elle ne veut que votre bien, vous ne vous repentirez pas de lui avoir obéi. — La musique que jai entendu ce matin a parue faire plaisir à tout le monde; chacun a goûté les morceaux qu'on a chanté. — Il importe à la gloire de l'Empereur de jetter les fondemens d'une paix durable, sur-tout après les malheurs d'une guerre longue et désastreuse que nos ennemis ont méchamment perpétué. — Les soldats que j'ai vu, à qui j'ai parlé, m'ont semblé bien propres à manier habilement les armes que nous leurs avons confié. — Les régions qu'ont parcouru nos braves, sont pleines de leurs exploits; ils ont gagnés, dira-t-on, presque toutes les batailles qu'ils ont livré. — Quand nos triomphes seront raconté aux générations futures, elles croiront difficilement a la rapidité prodigieuse avec laquelle la France les a obtenu. — L'histoire et la géographie que ma soeur a étudié, charmeront tous ces instans. — Que de gens ne savent pas oublier les torts qu'on a eu envers eux! cependant il est doux et glorieux de pardonner les offenses qu'on a reçu. — Je vous enverrai demain le paquet et la lettre qu'un nouvelle émissère m'a apporté; ces deux objets ne m'apparlienne pas : or je ne sais pour qu'elle raison on me les a adressé. — Les prix que ce jeune-homme a obtenu, ont flatté son amour-propre; j'approuve la résolution bien sincère qu'il paraît avoir formé, de redoubler d'ardeur pour obtenir de nouvelles récompenses à la fin de cette année. — Quand pourra-t'on dire : Les Français qu'on a provoqué, dont on a si souvent exhaspéré l'humeur, ont donné la paix à ceux qui leurs avaient déclaré la guerre. — Les victoires célèbres que nous avons remporté, effrayeront les peuples qui seront tenté à l'avénir de prendre les armes contre la Nation française. — Nos intrépides guerriers ont obtenus des succès dont il sera long-temps parlé; le burin de l'histoire les a gravé en caractères indélébiles. — Les ennemis du bien public avaient cru que les troupes françaises seraient facilement terrassé; mais leurs folles espérances ont été désu. — On dit que César Auguste oubliait facilement les injures qu'il avait reçu de ses ennemis; qui de nous ne doit pas imiter la conduite de cet Empereur? — Il était de l'intérêt de la Nation française de répondre aux peuples qui l'avaient si souvent insulté; tant d'outrages volontaires ne devaient pas demeurer impuni. — Je conte beaucoup sur la valeur étonnante, que nos soldats ont déployé en mille circonstances critiques. La victoire qui ne les a pas abandonné jusqu'à ce moment, demeurera toujours fidelle à leurs drapeaux. — Je me flatte que votre ami soutiendra la bonne opinion qu'il a donné de ses talens. — Les deux comédies que vous avez lu dans notre dernière séance, on parues fort agréables à tous ceux qui les ont entendu; pour moi je les ai jugé dignes du meilleur de nos poëtes comiques. — Dans tout état bien civilisé, il n'y a personne qui ne doive se soumettre volontiers aux lois qu'on y a établi, de quelque nature qu'elle puisse être. — Pourquoi ignorez-vous, mon ami, les regles grammaticalles qu'on vous a enseigné si souvent? c'est que vous ne les avez jamais bien compris ? Il y a sans doute de très-bons grammairiens, mais vous ne les avez jamais consulté. — Qui peut ignoré combien il est doux et glorieux de secourir l'innocence et la vertu que l'on à injustement opprimé ? — Que d'éloges ne sont pas dues aux personnes qui ce sont toujours imposés l'obligation bien douce de protéger le mérite indigeant ! — Qui a trouvé les deux colombes que j'ai perdu ? elles ont abandonné la volière fort joli que je leurs avais donné. — Nous connaissons tous l'influence bonne ou mauvaise que les journaux ont eu jusqu'à cette heure. — Je me flatte que votre ami, dont la probité m'ait connu, ne trahira pas la confiance que j'ai placé en lui. — Les heures que vous avez perdu, ne pourrons jamais être réparé, parce que le temps passé ne se répare jamais ; il est donc de votre intérêt, si vous voulez acquérir des connaissances précieuses, de profiter des momens qui vous sont accordé, tant pour orner votre esprit, que pour former votre cœur à la vertu. — Mon oiseau qui a pris la fuite, reviendra sans doute dans la demeure bien riante que je lui ai préparé ; il ne voudra pas se séparer de ces petits qu'il a laissé dans le plus cruel abandont, et qui sans cesse redemande leur mere dont ils se voyent privé. — La poësie et la pinture, que nous avons de tout temps cultivé, sont deux arts bien agréables, qui mérite d'être connu et encouragé. — Boileau est un poëte célèbre par la critique saine et judicieuse qu'il a exercé sur les écrivains de son siècle. — Bien loin de connaître votre sintaxe, dont les regles sont développé dans la grammaire que je vous ai donné, vous ignorez même l'ortographe qu'on vous a enseigné dès votre bas âge. —

Les arbres que nous avons fait planter, nous donnerons bientôt un ombre hospitalière, que les chaleurs de l'été renderont plus agréables. — Je ne sais par qu'elle fatalité mes deux tourterels ont quitté la volière dont le séjour les avait tant charmé; il est temps qu'elles reviennent au lieu qui les a vu naitre et se reproduire. Je m'ennuis de leur trop longue absence. —La mytologie, que vous avez ignoré jusqu'à présent, est une connaissance indispensable pour tous les peintres et les poëtes. — Nous avons trouvé vos jeunes fils qui jouait dans la rue; nous les avons fait reconduire à la maison paternel.—La résolution que nous avons formé a été bien muri; nous l'avons discuté de la manière la plus solennel. — Je ne suis pas tenu à remplir les obligations que vous avez relaté dans votre dernière lettre, car je les ai contracté dans un moment ou je n'étais pas maître de mes esprits. — Quelle puissance n'ont pas eu ces hommes élevés aux premières charges! mais en ont-ils toujours usés pour faire tout le bien possible! — J'ignore quelles raisons ont empêché ces jeunes-gens de remplir les devoirs très-faciles qu'on leurs avaient donné à faire. S'ils continuent, ils ne soutienderont pas l'opinion avantageuse que nous avions conçu d'eux. — Les sciences qu'on a enseigné à votre ami, lui seront toujours nécessaires, dans quelle que position qu'il se trouve. — Quelques écrivains estimables ont eus lieu de se plaindre de la sévérité parfois injuste que Boileau a apporté dans l'examen de leurs ouvrages. — Ne croyez pas que vos parens, dont l'avarice est le principal défaut, vous indemnise des dépenses que vous avez fait pour l'achat de quelques bons livres dont vous venez d'enrichir votre bibliothèque. Je sais que ses livres étaient nécessaires pour votre instruction ; mais je ne me dissimule pas que vos parens ne voyent rien de moins utile au monde que des livres, quelques précieux qu'ils puisse être. — La bienfaisance que cette mere de famille avait toujours exercé à l'égard des pauvres, l'avait fait constamment regarder comme leur refuge assurée et leur ange tutelère. — On jugera des éloges qu'a reçu l'auteur de cette joli pièce, par les difficultés sans nombre qu'il à eu a surmonter, et qu'il a surmonté en effet. — La mémoire de cet écrivain sera toujours cher à la Patrie, aux arts et aux sciences qu'il a également honoré, et dont il s'est montré le généreux soutient. — Il est rare qu'une découverte neuve et importante n'occupe pas entièrement celui qui l'a proposé le premier. — Les connoissances astronomiques des Indiens leurs ont été apporté du nord, et ils les ont reçu tels qu'ils les ont conservé. — Je ne serais pas surpri que peu de personnes consentissent à examiner cette cause que nous avons jugé d'avance. — Les louanges qu'on avait accordé avec affectation aux agrémens de cet ouvrage, en faisait suspecter la vérité et la solidité. — Pour connaître l'esprit des fables, on les examine chez tous les peuples à qui elles ont appartenues, et on les compare ensemble, afin qu'elles s'éclaircnt mutuellement. — Nous marquerons la place que nous samble avoir occupé les premiers peuples de la terre, auquel on rapporte l'origine des arts, des opinions et des coutumes des autres peuples. — Voici la méthode que l'auteur a suivi : nous marcherons contre l'ordre des temps en simplifiant sans cesse le systême mythologique, en le dépouillant des additions qu'il a reçu de chaque peuple et à chaque époque ; et en remontant ainsi le fleuve de la tradition, nous reporterons dans chaque pays les productions étrangères et différentes qu'il a charié jusqu'à nous. — Chaque génération a eut de nouvelles idées. Le dépôt de la tradition s'est composé de souvenirs que le temps a altéré, et de fictions que l'imagination a créée. — Ce général, dont la mémoire sera long-temps révéré, a parcouru une carrière de quatre-vingt-sept ans, qu'il a consacré entièrement au service de sa patrie. Après l'avoir servi de sa propre personne avec distinction, il lui a encore donnée des preuves de zèle et de dévouement par la publication de ses écrits. — Un de ces Messieurs dont l'esprit n'est pas susceptible de se perfectionner, s'est haté de critiquer la préface dont nous parlons, avant de l'avoir lu, ou, s'il l'a lu, avant de la comprendre. — Vainement on me demanderait à qui appartiennent les diverses locutions que j'ai consigné dans cet ouvrage, après les avoir rassemblé de toute part; je ne pourrais répondre à une pareille question : car, depuis vingt ans, je m'occupe du soin de recueillir tout ce qui est vitieux en grammaire.

La Lusiade peut passer pour un des plus beaux poëmes qu'on ait jamais lu depuis Homère et Virgile. — Plusieurs villes de la Grèce et de l'Asie se sont disputés l'honneur d'avoir été le berceau d'Homère. — J'ai donné aux Camoëns des idées qu'il n'a jamais eu; et c'est, dit-on, un des reproches qu'on m'a fait. — Jamais Cicéron ne nous aurait autant attaché à la lecture de ses ouvrages, s'il n'y avait répandu cette morale et ces sentimens vertueux qui en font tout le charme. — Que de raison se sont opposé à la formation des deux établissemens fort utiles que j'avais projetté! — Un homme qui fut promûs par ses talens à une place éminente, alla remercier le Ministre par qui il avait obtenu la place qu'on lui avait confié. Le Ministre, qui était persuadé que les gens à talens ne manquent jamais de faire honneur à l'homme en place qui les a éleyé à un poste important, lui dit : quelles grâces avez-vous donc à me rendre? Je n'ai eu en vue que l'intérêt et l'utilité public; croyez que, si j'avais trouvé quelqu'un plus digne que vous, de remplir la place que le Gouvernement vous a accordé, sans que vous la lui ayez demandé, je ne vous aurais pas choisi pour remplir cette emploie. — Quand M. de Buffon parla, on crut entendre l'interprète de la nature célébrer en Monsieur de la Condamine celui qui l'avait observé le plus constamment, et le plus audacieusement interrogé. — Il vous sera utile de connaître les recherches qu'on a fait dernierement sur l'antiquité et sur la mithologie; deux savans estimés nous les ont rendu plus faciles. — L'homme dès qu'il s'est mesuré avec la nature, s'est senti faible et petit devant elle. Ces grands effets qui surpassaient sa puissance et étonnaient son esprit, il les a attribué à des êtres surnaturels plus grands et plus fort que lui. — La voie des orages, l'action qui fait pousser le grin où murir les fruits, tout à paru à l'homme l'ouvrage de ces êtres invisibles dont il se croyait entouré; après les avoir imaginé, il n'a pa tardé a croire qu'il les avoit vu. — Les sages ajoutèrent beaucoup de fables à celles qu'on avait déjà reçu; ils se servirent d'allégoris pour enseigner aux hommes la pratique de la vértu pour leurs expliquer ce qu'ils croyaient savoir des fénomènes de la nature. — La fable est née et s'est perpétué comme se conservent dans les campagnes les contes des sorciers et des revenans. C'est au coin du feu, et dans les longues veillés, que l'oisiveté s'est amusé à des récits. — En écartant cet énorme superfétation de petits Dieux subalternes que Rome avait créé pour toute sorte d'usages ; on peut s'en tenir aux fables ou métamorphoses qu'Ovide nous a laissé, et garder ce recueil comme le dépot de la mithologie que les Romains avoient adopté. — Les ouvrages que j'ai vu commencer sont loin de ressembler à ceux que l'on a détruit; ces derniers ne pouvaient périr que de vétusté. — L'art de gagner la confiance du lecteur, et de ne tirer des conclusions, qu'après les avoir long-temps préparé et rendu d'avance presqu'évidentes, se fait remarquer dans cet écrit, comme dans toutes les productions que Bailly nous a laissé. — Si ce savant estimable plait par la richesse et la variété des images, il attache encore plus par la multitude des pensées fines et vraies qu'il a exprimé avec grace dans ce dernier ouvrage. — Tous ceux qui seront appelé à louer le grand homme dont nous honorons aujourd'hui la mémoire, diront toutes les vérités nouvelles qu'il a publié, les découvertes intéressantes qui lui sont du, les grands travaux qu'il a conduit à leur perfection, les méthodes admirables qu'il a trouvé, les routes qu'il a parcouru, celles qu'il a ouvert à ses successeurs, enfin tous les services qu'il a rendu à sa patrie et au monde. — Les Piramides d'Egypte ont été mis par les anciens au nombre des sept merveilles de la terre ; et les voyageurs modernes qui les ont visité, n'ont pas peu contribués à leur assurer cette place; mais le savant dont je vous parle, et qui les a examiné de sens froid, assure qu'il faut rabattre de l'idée qu'on s'étoit formé de la beauté de ces monumens. — Les sciences n'étaient autrefois si difficiles à étudier, que parce qu'on les avait hérissé d'un stile barbare. — Les oiseaux que j'ai vu s'abattre dans la pleine, me paraissent appartenir a ce fermier qui vient de me demander si j'ai rencontré les pigeons qu'il a perdu. — Le même entousiasme et la même curiosité qui lui avait fait si souvent exposer sa vie, ont avancés sa mort; il l'a vu s'approcher sans en être effrayé. — Voila les ennemis que cette femme célèbre a eu a combattre, et qui n'ont pu être vaincu ni par sa prudence ni par sa douceur. — Les poetes se sont persuadés faussement que des fictions aussi absurdes que celles-la pourront plaire à des hommes raisonnables. — On reconnait aisément dans les deux ouvrages que j'ai prêté à votre ami, les idées sublimes et touchantes que notre philosophie a adopté et développé. — On voit dans quelque trait de ce discours l'attention bien grande que l'auteur a porté à l'art militaire chez les Romains. — Je pense que vous ne pouvez pas vous égarer en suivant la route que nous a frayé ce philosophe digne du siècle d'Aristote. — Il ne doit y avoir pour la puissance exécutive d'autre balance, que celle que les lois elles même ont établi et fixé. — Les légumes qu'on a servi ne peuvent convenir à la foiblesse de mon estomach. — Cet habile et intrépide voyageur vit de près des torrents de foudre sillonner ces neiges antiques que n'avoit point effleuré les feux de l'équateur. — Les vengeances que j'ai vu exercer envers ces misérables colons, ont jettées l'épouvante dans mon âme. — La fable que j'ai entendu lire, n'a pas obtenu les suffrages des hommes de lettres qui se trouvaient dans notre assemblée : tous l'ont jugé trop longue et trop peu moral. — C'était avec raison que j'appréhendais les maux que pouvait attirer sur nous la mauvaise conduite et les fautes réitérés des hommes qui nous ont trop longtemps gouverné. — Nous nous quittames, et je me mis à réfléchir sur le penchant qu'ont eus les hommes de tous les siècles à écouter les faiseurs de prédictions. — Tels sont les principaux traits que j'ai cru appercevoir dans cet ouvrage où les caractères font honneur à celui qui les a tracé, où les tableaux font l'éloge de celui qui les a dessiné. — La variété que j'y ai remarqué dans les situations, est due à la marche que l'auteur a adopté. — Cette éloge nous a parue bien écrit, il renferme des vérités historiques que chacun a reconnu, et auquel tout le monde a applaudi. — Combien d'écrivain très instruits, surtout dans le genre de l'histoire, n'ont accumulé d'immenses richesses que pour étayer un préjugé favori dont ils s'étaient entêté ! Je voudrais savoir quels sont ces germes de fertilité que la philosophie a déposé sur notre terre, qu'elles sont ces vérités neuves qu'on paraît avoir senti, quels sont ces principes qu'on a nouvellement découvert et qui étaient méconnu de nos pères, enfin en quoi nous sommes meilleur et plus sage que nos ayeux. — Vous avez trouvé sans doute dans les écrits d'Homère, que nous avons lu ensemble, un fonds admirable de philosophie et de morale. — Les poëtes ont successivement inventé les genres, et les ont porté presqu'à la perfection. — J'aurai occasion de faire remarquer les changements qui se sont opéré dans la littérature, à l'époque où les femmes ont commencée de faire partie de la vie morale de l'homme. — C'est à la suite des orages politiques, que se sont formé les plus grands écrivains qui ayent existés. — Bien des femmes aimables savent réparer par des moyens nouveaux de plaire, les moyens d'avoir plues, qui leurs sont échappé. — Suivez les bons exemples que nous ont laissé les personnes célèbres qui nous ont précédé dans la carrière de la vertu. — La rivière que j'ai vu détourner aurait procuré une grande fertilité à nos champs qui manquent d'eau. — Les auteurs que j'ai commencé de traduire de l'espagnole en français, ne m'ont pas semblé fort faciles, quoiqu'on les ait déjà traduit en divers langues. — Je plains vos tourments, et les fatigues que vous avez eu à essuyer dans ce voyage de longue haleine. — Entend-t-on par la destinée des hommes, par les intérêts des époux, les charges dont on les a revêtu, les intérêts que la patrie leur a confié? — L'Andrienne, que j'ai vu représenter, ne m'a pas parue propre à la scène française. — Vous voyez devant vous, madame, celui qui vous a long-temps disputé cette victoire; si je l'ai obtenue, c'est que vous me l'avez complaisamment cédé. — Les preuves autentiques et non équivoques que vous m'avez donné de votre amitié, me font espérer que vous vouderez bien me rendre les deux services que j'ai réclamé de votre complaisance. — Jeunes-gens, que de mauvaises lectures ont dépravé, je m'apperçois que la conduite de mon fils n'est pas moins blamable que honteuse; s'il ne vous avoit pas fréquenté, je ne désespérerais pas de son son salut. — Cet auteur a pri, ce me semble, à tache d'établir des vérités qu'on avait souvent obscurci, faute de lumière ou de bonne foi. — Caton, étant déjà vieux, étudia la langue grecque qu'il avait négligé d'apprendre par mépris pour ce qui n'était pas Romain. — Rendez-moi la vie de Caton, que je vous ai prêté; je veux, en la relisant, m'assurer s'il nacquit l'an de Rome cinq cents vingt-deux. — Ce philosophe laissa, dit-on, en mourant, beaucoup plus de biens qu'il n'en avait hérité de son père. — On ne sait pour quelle raison cette femme s'est donné la mort; on croit que le chagrin et la pauvreté l'ont seul déterminé à commettre ce suicide. — Mes amis, n'oubliez pas qu'on vous a recommandée en tout temps la tempérance et la sobriétée. — Quelques durs, quelques pénibles qu'ayent été vos fatigues, vous me paraissez néanmoins les avoir supporté avec un grand courage. — Les grands hommes que cette ville a vu naître, méritent une place distingué dans les annales de l'histoire. — Considérons les périls extrêmes qu'à couru cette princesse sur mer et sur terre, pendant l'espace de dix ans. — Combien de fois n'a t'elle pas remerciée le ciel de deux grâces: l'une de l'avoir fait chrétienne; l'autre, d'avoir rétabli les affaires du roi son fils! — C'est surtout à la poésie que les langues doivent les plus grandes richesses qu'elles ont tiré de la métaphore. — Cette femme s'est cassée l'épaule; les douleurs qu'elle a souffert ne peuvent se concevoir. — Si vous manquez souvent aux règles grammaticales que je vous ai enseigné, c'est que vous n'avez jamais bien compris les principes que j'ai développé, et les explications que j'ai fait ici où nous sommes. — Les villes dont nos soldats se sont emparé, renfermait un butin considérable; ce ne fut qu'après y être entré, qu'ils se rendirent maître de tant de richesses qu'avaient laissé les ennemis en fuyant. — Les obligations que s'est imposé votre mère, ne sont pas difficiles à remplir; je les ai moi-même contracté, et je les remplis tous les jours. — La plupart des hommes qu'on a élevé aux dignités, font bien peu de cas des opprimés et des indigens qui leurs demandent secours et protection.

La Troade, fière des poésies sublimes du prince des poëtes, appela les regards de notre voyageur; mais il y perdit avec regret les magnifiques idées qu'il s'en était formé. — La tendre et généreuse Andromaque ne mettait point de différence entre ses enfants et ceux qu'Hector avait eu de ses maîtresses. — Caton fût blâmé d'avoir réveillé cette affaire, qu'on avait regardé dans le temps comme le fruit de l'animosité; on l'accusa de l'avoir renouvellé, par suite de la haine qu'il avait toujours manifesté contre Scipion dont il avait censuré les dépenses exhorbitantes. — Mon fils naquit le dix novembre, mille sept cents quatre vingt onze. — Elle vit la mort s'avancer à pas lents et sous la figure qui lui avait toujours parue la plus hideuse; elle se trouva entre les bras de la mort, sans presque l'avoir envisagé. — Cette élection fut telle que les factieux l'avaient résolus; ils virent s'éloigner les bons citoyens qu'ils avaient intimidé. — Je doute que vos sœurs, que j'ai négligé pendant mon séjour à Caen, me pardonnent le peu d'empressement que j'ai mi à leur rendre visite. — La philosophie, que nous avons étudié, nous enseigne a supporter avec résignation les maux qui nous arrivent, et que nous nous sommes souvent attiré par notre imprévoyance ou par le mépri des bons conseils qu'on nous avait donné. — Pourquoi n'avez-vous pas accompagné vos parents que j'ai vu sortir seul et qui comptait sur vous? ils sont venu s'informer des progrès que vous êtes sensé avoir fait depuis deux ans que vous fréquentez les différents cours que nous avons ouvert ici. — La caution que je vous ai donné, mes amis, est sur et bonne; vous pouvez être certain que vous n'avez rien à perdre. — Les guerres onéreuses que la France a eu a soutenir, les sommes exhorbitantes qu'elle a employé pour la solde de ses troupes, n'ont pas peu contribué à accroître les dépenses publiques. — Les fatigues qu'ont essuyé nos valeureux soldats, ne les engage point à s'enroler de nouveau sous les étendarts de Mars; cependant quelles que souffrances qu'ils ayent enduré, nous aimons à croire qu'ils oublirait bientôt les périls qu'ils ont couru, et les maux qu'ils ont souffert, pour ajouter, s'il le fallaient, de nouveau triomphes à ceux qu'ils ont déjà obtenu. — Il est beau de pardonner les outrages qu'on a reçu; mais que de gens ne savent pas oublier les torts qu'on a eu envers eux? — Portez à votre soeur les œillets et les roses que j'ai cueilli au sein de mon parterre; je ne doute pas que ses fleurs, qu'elle a toujours beaucoup aimé, ne lui soyent infiniment agréable. — Nous accompagnerez-vous dans le voyage que nous avons dessin de faire cet été? Nous passerons par les villes d'Arle et de Marseille, que des hommes bien coupables ont ensanglanté. — Le chateau et la maison de campagne que votre ami a acheté dans l'Anjou, ont été évalué plus de seize cent mille francs. — Les maux dont le ciel nous a justement accablé, prouve combien l'Etre suprême est puissant et terrible en sa vengeance. — Que de sages ordonnances Caton n'a-t-il pas rendu, pour rétablir l'ordre public et les bonnes moeurs qui avaient dégénérée ! — On trouve de fort beaux caffés dans cette riante promenade, laquelle est bornée par une superbe pièce d'eau en demie lune, dont j'ai mesurée la profondeur. — Comme on s'étonnait devant Caton de ce qu'il n'avait pas encore obtenue de statues : j'aime mieux, dit-il, entendre demander pourquoi il ne m'en a pas été accordée, que de voir des gens surpris de ce que j'en ai eus. — Ma fille, vous savez que je vous ai recommandé à votre tante, qui veut bien prendre soin de vous en mon absence; j'espère que vous la contentrez. — Ma chère enfant, je vous ai toujours donnée de bons exemples à suivre, je me flattes que vous ne vous écarterez jamais de la route que je vous ai tracé. — Souvenez-vous, ma fille, que je vous ai recommandés souvent d'être poli et prévenante envers tout le monde; c'est par la prévenance et par la politesse, que vos frères se sont conciliée l'estime de tout les honestes gent. — Cette armée ne parut pas d'abord aussi nombreuse, aussi formidable qu'on l'avait annoncé. Les talens et les vertus mal dirigé n'ont servis, dit un historien, qu'à perdre la ville d'Athènes. — C'est vous que j'accuse, amis complimenteurs, qui, pour fêter un patron, venez troublé le Poète en ses nobles élants, et le forcez en quelque sorte à chanter la beauté qu'il n'a jamais connu. — Allons retrouver mes filles que j'ai laissé dans leur appartement où elles sont occupé à peindre ou à broder ; je les ai de bonheur accoutumé au travail; c'est d'elles aussi, que j'attend toute ma consolation. — Crassus voyait, d'un œil jaloux, la gloire dont s'étaient couvert Pompée et César. — Cette ville fut frappé d'effroi, en voyant l'ennemi sous ses murs, avant d'être préparé à le repousser. — Il laissa échapper la victoire que semblait lui prometre ses lauriers; souvent il l'avait fixé par ses manœuvres habiles, et elle lui serait sans doute resté fidelle, sans les élémens qui ont conspirée contre lui. — Une table que j'ai placé à la fin du volume, indique les sujets que j'ai emprunté, et les sources qui me les ont fourni. — Nous avons lus les beaux plaidoyés que nous avions entendus prononcer, et nous les avons admiré avec raison. — Les ariettes que nous avons entendus chanter aujourd'hui, ont été du goût de tout le monde. — Le dessin et la géographie, que votre sœur a étudié, charmeront tous ces instans, elle s'amusera dans le silence du cabinet, lorsque ces compagnes paraîtront s'ennuyer. — Les prix et les couronnes que cet enfant a obtenu, ont flatté son amour-propre; j'approuve la résolution sincère qu'il a formé, de travailler plus fortement encore pour obtenir de nouveaux triomphes. — J'ai décacheté le paquet et la lettre qu'on m'a apporté ce matin, je ne sais par quel méprise; mais je les ai renvoyé de suite à la personne a qui on les avaient destiné. — Quoique vous admiriez avec raison les ouvrages des modernes, je crois que les chefs-d'œuvres que nous ont laissé les écrivains de l'antiquité, l'emporte beaucoup sur eux. — Vous n'écoutez pas, mon cher ami, les explications que nous faisons ici, et qui tendent à vous procurer l'instruction que vous avez négligés de recevoir jusqu'à présent. — Il serait à propos que les citoyens qu'on a élevé aux premières charges, eussent été malheureux auparavant;

ils sauraient venir au secours de ceux qu'on a opprimé. — J'ai pris lecture de la lettre que m'ont adressé vos tantes; elle m'a paru ne rien contenir d'important; je la leurs ai renvoyé aussitôt que je l'ai eu lue. — Que d'écrits, que de compilations n'ai-je pas parcouru! mais que la plupart de ces productions était mauvaise! — Quelques malheureux que nous soyons dans ce monde, nous paraissons néanmoins tenir à la vie, que la nature ne nous a donné que pour un temps. — Votre cousine, que j'ai rencontré, m'a promi de venir à la maison, aussitôt qu'elle aura terminé quelques affaires qui l'occupe, et qu'elle a déjà commencé de débrouiller. — La fête que nous avions préparé, ne pue avoir lieu, le mauvais temps n'ayant pas permi qu'on se rassembla dans les lieux et à l'heure que j'avais moi-même indiqué. — Les terres que j'ai vu labourer, produiront un ample moisson; elles indemniseront l'agriculteur des peines qu'il a pris. — Les jasmins et les tulipes que tu as cueilli pour moi, auraient due être offertes à ta femme qui aime les fleurs. — Les ouvrages que j'ai commencé d'écrire, ne pourront pas être achevé avant neuf mois, parce qu'il faut que je parcours les volumes qu'on a composé sur cette matière fort ingrate, que personne n'a encore traité à fonds. — Il est bien difficile de perdre les mauvaises habitudes qu'on a contracté dans sa jeunesse. — Pourquoi votre frère, dont la probité est connu, n'a-t-il pas accepté les fonctions importantes que lui a confié un Gouvernement plus ami de la vertu? Tout le monde est persuadé qu'il les aurait rempli d'une manière honorable. — Avez-vous vu la pièce nouvelle qu'ont représenté ici des artistes indignes de ce nom? nous ne l'avons pas vu jouer, parce que nous avons bien pensés qu'elle n'offrirait aucun ensemble, les histrions qu'on nous avait annoncé n'étant pas capable de remplir les rôles difficiles dont ils s'étaient témérairement chargé. — Les hommes qu'on a choisi pour confondre l'audace des méchans, sauront prouver qu'ils sont dignes du nom français et de la réputation qu'ils ont déjà obtenu. — Qui de vous a lu l'histoire que nous avons publié sur les découvertes utiles que les savans ont fait pendant ce siècle mémorable? — La conduite qu'a tenu en cette occasion votre frère, dont j'avais toujours eu sujet d'admirer la prudence, m'a parue peut circonspect a bien des égards. — Nous sommes allé voir un de nos amis qui est malade depuis long-temps; une indisposition peu grave qu il a traité trop légerement, l'a réduite à l'état fâcheux où il est. Sa famille, que nous avons trouvé dans l'affliction, désespère de son salut. — Cette guerre entrait dans le plant du fameux concordat par lequel les triumvirs s'étaient partagé l'empire du monde. — Il ne put résister à l'espèce de délire qui s'était emparé de toutes les classes de citoyens. — Les arbres que nous avons vu planter, ont fait de très-grands progrès en fort peu de temps; je me flatte qu'ils rapporteront plus de fruits que n'en promettait ceux que j'ai fait couper et jetter au feu, par la seule raison qu'ils ne répondaient plus aux espérances qu'ils m'avaient donné jusqu'alors. — Ne conviendrait-il pas de s'emparer des derniers momens de ce respectable vieillard, pour faire en lui une solennelle réparation à tous ceux qu'on à laissé mourir dans un ingrat abandon? — L'heure que j'ai entendu sonner, annonce le moment du départ de ces braves guerriers qui vont repousser les efforts que nous a constamment opposé une nation ennemi, mais très-belliqueuse. — Les oiseaux que j'ai entendu chanter, m'ont rappelé des souvenirs bien agréables qui s'étoient presqu'entierement effacé de mon esprit. — Je ne puis concevoir les applaudissemens nombreux que cet ouvrage dramatique a excité ; l'auteur ne méritait pas la bienveillance que lui a témoigné un public trop indulgent. — Les papiers que j'ai entendu lire, me font présumer que le général français a remporté la victoire célébre qu'on nous avait annoncé et dont plusieurs journaux avaient déjà parlés. — Les ouvrages que tu m'a montré et que j'ai lu avec tant de plaisir, auraient suffit pour faire la réputation de celui qui les a composé. — La pluie qui est tombé, a opéré un grand bien ; la végétation s'est accru depuis le jour où cette pluie bienfaisante est venu humecter le sol trop aride. — Votre sœur, que j'ai vu, se propose de composer un herbier de toutes les fleurs qu'elle a ramassé avec soin ; je crois qu'elle sera secondé dans son entreprise par le célébre naturaliste qui l'a formé. — Les objections que ce savant m'a fait, sont spécieuses ; mais, comme elles manquent de solidité, je n'ai pas cru devoir m'y arrêter ; je les avais prévu, et je les aurais détruit à l'instant même, si j'avais voulu prendre la peine d'y répondre. — J'ai admiré les superbes monumens que j'ai vu avec mon ami ; je les ai jugé digne de l'architecte qui les a élevé. — Je vous engage a disposer des sommes d'argent que je vous ai confié ; si je vous les ai remis entre les mains, je l'ai fait pour que vous vous en servissiez toutes les fois que vous en auriez besoin.

5. Qu'il est doux de posséder des connaissances, qui ne peuvent jamais nous être ravi, et que les sages ont tou-

jours préféré avec raison aux plus rares avantages! — Les sociétés charmantes que tu as fréquenté, ont dues te paraître bien aimable; du moins elles ont semblé telles à ceux qui les avait connu avant toi. — Les plantes que j'ai cultivé de mes mains font l'objet de l'admiration publique; elles ont parus très-rares à des gens qui n'avaient jamais rien vu de pareille. — Que sont devenu les arbres que votre père avait faits planter dans cet avenue? Il les a sans doute fait couper pour se chauffer cette hiver. — Le zèle et la bonne volonté que votre ami a montré sans cesse dans le cours de ses études, lui ont procuré les connaissances solides qu'il a acquis, et qui ne l'abandonneront jamais. — Telles sont les récompenses peu flatteuses que m'ont valu les démarches que j'ai fait pour vous servir. — Les brillantes études que mon frère a achevé avec succès, l'ont mit à porté d'obtenir la place très-honorable qu'il a toujours rempli avec distinction jusqu'à présent. — Vous n'ignorez pas qu'elle est la folie de la plupart des hommes; vous sçavez qu'elle les a conduit presque toujours à leur perte. — Les élémens d'Histoire naturelle que j'ai parcouru, m'ont semblé écrit avec beaucoup de clarté et de méthode; je vous invite à les lire, pour connaître cette science qui mérite d'être distingué. — Ma mère a reçue les excellens livres que vous lui avez prêté; quand elle les aura lu, elle les envoira, avec votre agrément, à une de ses amis, qui les lui a demandé. — Les connaissances que vous avez déjà puisé au milieu de nous, et que vous acquiérez tous les jours en nous écoutant, doivent être regardé comme le plus belle héritage que vos parens vous transmetteront. — Je ne connais pas encore le caractère de vos sœurs, car je les ai très peu fréquenté, mais je ne doute pas qu'elles ne soient aussi aimable que la renommé le publie. — Qu'elle fête s'aurait été pour moi d'être reçu dans cette maison que vous avez réparé, et que vos soins ont remeublé! c'est votre attention qui seul l'a conservé; votre excellent goût l'a rajeuni. — Une mère écrivait à sa fille : je suis étonné que vous n'aiez pas encore répondue aux deux lettres que je vous ai envoyé, à votre convent ou vous ne paraissez pas vous plaire beaucoup; votre négligence est tel que je ne saurais la pardonner. Eh quoi! lorsque privé d'un époux dont j'étais tendrement chéri, je m'attendais à trouver en vous l'appuy et la consolation de ma vieilliesse, vous m'avez oublié impitoyablement! je suis mère, et je n'ai plus de fille! Si vous êtes gravement indisposé, ce que je ne peux croire, chargez une de vos amies de m'écrire à votre place, mais du moins que je reçoive de vos chères nouvelles. — L'étude seul a consolé les grands hommes dans les revers et dans les disgraces qu'ils ont essuyé; l'étude seul leurs a fait trouver quelqu'adoucissement à leurs maux. — Cet enfant paraît avoir beaucoup de goût pour le dessein; mais sa mère qu'il a consulté, avant de se livrer à l'étude de cette art, ne veut pas qu'il perde son temps à faire des pieds et des têtes mal ébauché. — Jeunes gens, ne vous a t on pas exhorté au travail qui devrait faire en tout temps vos plus chers délices? Cependant nous ne voyons pas que nos exhortations vous ayent beaucoup profités. — Le château et la métairie que j'ai acheté, ont été estimé beaucoup plus chère qu'on ne vous les avait vendu. — Les courtisannes grecques consacraient leurs richesses à embellir les lieux qui les avaient vu naître;

les lieux ou elles aimèrent, ou elles furent aimé. — Les auteurs ne sont pas rares aujourd'hui; l'éloge en a beaucoup tué cette année; j'en connais aussi quelques-uns que les critiques n'ont pas empêché de vivre. — Depuis long-temps l'Afrique était devenu le théatre de la guerre entre les Romains et les Carthaginois; et les défaites continuelles que ceux-ci avaient essuyé, les avaient précipité vers leur ruine — Régulus se transporta au sénat ou il parla contre l'échangé que les Carthaginois avaient proposés; il représenta que les prisonniers carthaginois, qu'avait l'armée Romaine, l'emportaient sur les généraux latins dont Carthage s'était emparés. — Hélène plut à Thésée; ses charmes qu'il avait entendu vanter, furent cause qu'il l'enleva avec son ami Pirithous. — L'académie française s'est beaucoup laissé gagner de primauté, c'est pourquoi l'on peut se passer des ouvrages qu'elle a promi et qu'elle n'a pas fait. — Les Athéniens prétendent que les dieux se sont disputée l'Attique, et les Corinthiens rapportent la contestation qu'ont eus le Soleil et Neptune au sujet de leur pays. — Nous venons d'apprendre la mort de Laïs; les uns assurent que les Thessaliens l'ayant attiré dans un temple de Vénus, l'ont assommé à coups de pierre; les autres disent qu'elle a succombée dans les champs de l'amour. — Depuis quand habitez-vous cette asyle? depuis quatre vingt ans; j'ai trouvé cette maison commode, et je l'ai gardé. — Tout homme qui désirera une forte insomnie pour la nouvelle lune, l'obtiendra très-probablement: telle est du moins l'opinion qu'a manifesté un écrivain connu. — Je regrette bien les douze heures que j'ai dormi; je les aurais employé plus utilement, si l'on m'avait rendu le service de m'éveiller. — Il ne renvoye pas aux savans cette grande question, sans l'avoir auparavant éclairé par une discussion pleine de rapprochemens heureux. — Cette dette sacrée de la subordination sociale, on n'a le droit de l'exiger d'autrui, qu'autant qu'on l'a payé soi même. — La forme épistolaire est celle qu'ont adopté les deux écrivains dont nous avons lu les ouvrages fort utiles. — La cour de Vienne est mécontente de la publicité que paraît avoir donné le cabinet de Londre au traité de subside signé le vingt juin. — Mais cette chaine, répondez, ne l'avez-vous pas choisi? ceux qui l'ont choisi, finissent souvent par la détester, mais on me l'imposa, malgré moi. — Il me parla de la dette qu'il avait depuis long-temps contracté à mon égard; je lui assurai que les chagrins et les peines que j'avais éprouvé ne m'avaient pas laissé le temps de dresser un compte qui put lui être présenté. — Le rétheur Apollonius; quoiqu'il tira un salaire de ses auditeurs, ne souffrait pas néanmoins que ceux qui n'avaient aucun talent; perdissent à l'écouter des heures précieuses qu'ils auraient mieux employés ailleurs que chez lui. — Les comédies qu'a publié Chabanon, paraissent d'un comique noble, et d'une morale pure. — Demander si toutes les langues qu'on a parlé sur la terre proviennent d'une langue primitive, c'est, selon moi, mettre en question si toutes les nations ont eues un père commun. — Le chef du gouvernement a dit que, s'il méritait les marques d'affection qu'on lui avait donné, c'était par les intentions qu'il avait eu, et qu'il conservait l'espoir d'effacer jusqu'aux dernières traces des malheurs que la ville de Lyon a éprouvée. — Cette Troye avec le nom de laquelle nos premières études nous ont familiarisé, dont nous avons entendu parler au sortir de notre enfance, cette fameuse Troye a t'elle existée? — L'édition qu'on a annoncé de cet ouvrage, est enrichi d'augmentations prétieuses, de preuves qu'on n'avait pas encore réuni, et qui portent jusqu'à l'évidence ce que l'auteur se propose de démontrer. — Qu'elle répugnance les Egyptiens n'ont-ils pas toujours montrés à prendre les habitudes des autres peuples, répugnance que les Français ont eu de nombreuses occasions de vérifier! — Corneille non seulement créa en France la tragédie et la comédie, mais encore s'éleva dans les deux genres à des beautés que n'ont pas connus les anciens, et que n'ont pas égalé les modernes. — On voit ici la preuve de l'intérêt que le Kain avait inspiré à Voltaire, de l'amitié que lui a toujours conservé ce grand homme; on y voit des témoignages de l'estime qu'il s'était attiré, de grands personnages et d'hommes d'un rare mérite. — Une femme fort âgée dit à M. de Fontenelle en l'abordant: eh bien! monsieur, nous vivons encore. Fontenelle lui mit le doigt sur la bouche: chut, madame, ils nous ont oublié. — Il avait quitté Léonore, celle qu'il avait tant chéri autrefois; l'ayant soupçonné d'infidélité, il avait rompu avec elle, sans l'avoir convaincu. — Il y a de ces vérités simples qu'on est étonné, après leur découverte, d'avoir eu, pour ainsi dire, sous la main, sans les saisir. — Il y a telle femme qui s'est rendu malheureuse pour la vie, qui s'est perdu et déshonoré pour un amant qu'elle a cessée ensuite d'aimer, parce qu'il a mal ôté sa poudre, ou mal coupé ses ongles, ou mis son bas à l'envers. — Votre tante, qui vient de mourir fort âgé, a fait un testament holographe, par lequel elle vous a laissée quinze ou seize cent livres de rente. C'était une femme infiniment respectable, que j'ai toujours estimé à cause de ses vertus et de son esprit. — La nouvelle désastreuse qu'on vous a rapporté, m'a paru un peu apocrife. — Les expressions dont je me sers, sont loin d'être surannés ; un long usage les a consacré depuis le siècle ou vécurent Racine et Boileau. — Dites-moi ou vos sœurs ont passé la soirée ; on ne les a pas trouvé chez elle, et je ne les ai pas vu dans la maison ou je les ai quelquefois rencontré. — De même qu'il y a des instans consacré pour le jeu, de même il y a des heures que nous avons nécessairement destiné au travail ; il faut que ces instans agréables et ces heures précieuses soient également bien employé. — Les affaires que j'ai terminé à votre grande satisfaction, m'ont donné beaucoup de mal, mais je suis loin de regretter les peines qu'elles m'ont causés. — Cet orme et cette vigne que j'ai marié, formeront un berceau charmant, et inviteront, pour ainsi dire, le voyageur fatigué à venir se reposer sous leurs ombrages. — Quelle est magnifique, quelle est étendu cette forêt ou nous avons égarés nos pas ! que de citées agréables se trouve dans ses environs ! — La comédie que nous avons lu ensemble, m'a parue bien écrite ; je ne doute pas que le rédacteur de la partie des spectacles ne l'ait jugé aussi favorablement que moi. — La saison que vous avez passé à la campagne, a dû vous paraître bien rigoureuse : en effet les métairies n'offrent rien que de triste pendant l'hiver. — Si j'étais homme à ajouter foi aux songes, je dirais que ceux que j'ai eu, ne présage rien que de funeste ; mais quelle est grande la folie des hommes qui, sur la foi d'un songe, espèrent un bonheur dont ils ne jouiront pas, où redoute des chagrins dont ils ne seront pas tourmentés! — Il est beaucoup de fautes grammaticales que les auteurs les plus célèbres ont laissé dans leurs écrits; je m'étonne avec raison qu'ils ne les ayent pas corrigé. — Voltaire et Buffon ne sont pas exempts de ses fautes que nous sommes en droit de leurs reprocher; elles déparent les chefs-d'œuvres immortels qu'ils nous ont transmi; c'est pourquoi je les ai consigné dans cet ouvrage. — La reconnaissance des peuples sera toujours le prix des services que la philosophie aura rendu à l'humanité. — Montesquieu a dit, et je le crois sur parole : Quand je me suis trouvé dans la société, je l'ai aimé, comme si je ne pouvois souffrir la retraite et la solitude, que j'ai cependant toujours chéri. Quand j'ai été dans mes terres, je n'ai plus songé au monde. — La franchise et la loyauté font le caractère distinctif de la nation Suisse, que j'ai toujours beaucoup aimé. — Que ne puis-je vous raconter tous les bons mots et toutes les saillies ingénus qu'on a recueilli de cette nation, ami de la vérité. — Un de leur généraux, après une victoire qu'il avait remporté, faisait enterrer comme mort, des soldats qu'on avait seulement blessé. Ceux-ci se plaignants du peu de ménagemens qu'on avait pour eux : Bon! bon! s'écria le capitaine, si l'on voulait croire tous ses gens-là, il n'y en aurait pas un seul de mort.

On dit que Caton oubliait facilement les injures qu'il avait reçu de ses ennemis, bien différens en cela des personnes qui ne savent rien pardonner. — On prétend que les assassinats sont très-fréquens à Rome; on trouve dans les rues des citoyens qu'on a impitoyablement égorgé, et l'on ne peut connaître leurs assassins. — Il y a dans cette ville des hôpitaux qui sont destiné à recevoir les gens qu'on a tué, et l'on assure que ces établissemens sont toujours pleins. — Les traits de courage que nous a raconté ce soldat, méritent de trouver une place honorable dans les annales françaises. Il ne faut pas que des actions aussi belles, que l'admiration générale a consacré, soient perdu pour les générations futurs. — Quels pas rapides n'a pas fait dans la carrière de l'héroïsme, le grand homme qu'à bon droit nous regardons comme le sauveur de la France. — Connaissez-vous l'histoire des deux Indes que Raynal a publié? Que de préjugés cet écrivain célèbre n'a t'il pas eu à combattre? quelle lutte n'a t'il pas eu à soutenir contre le fanatisme politique! — La fameuse Clairon, que personne de nous n'a connu, s'honorait des leçons que Voltaire lui avait donné sur son art. Bien loin d'en rougir, elle avouait qu'elle était redevable à ce grand homme des applaudissemens que lui avait prodigué un public non moins éclairé, que nombreux. — La Patrie nous crie tous les jours: Ne souffrez pas que les écoles que j'ai fondé, soient plus longtemps désertes; que vos enfans répondent aux grandes destinées que vos généreux efforts leurs ont préparé! — La pomme de terre et le maïs sont les plus utiles présens qu'ait faite à l'Europe la découverte du nouveau monde. — Vénus qu'on a irrité, a confié le soin de sa vengeance à son fils qui l'a exercé, hélas! avec trop de rigueur. — Les traces qu'a suivi Tancrède, ont dirigé sa course dans la forêt; mais des idées noirs et lugubres ajoutent à l'horreur et aux ténèbres que la nuit y a répandu. — Il jure de venger la maîtresse qu'il croit avoir offensé, et il accuse le ciel qui refuse à ses vœux la félicité qu'il avait espéré d'obtenir. — Je traversai la ville, vêtu comme à présent, le visage ombragé d'une barbe épaisse que j'avais laissé croître. — Il faut oublier les désordres et les calamités qu'a produit une perfidie active et désorganisatrice. — Que d'hommes ont supportés avec un courageux dévouement les sacrifices qu'a nécessité le passage de l'ancien ordre de choses au nouveau ! mais combien peu d'hommes se sont toujours tenu à l'écart des partis, où les ont traversé, sans mériter des reproches ! — Que Dieu vous récompense ! vous nous avez empêché de mourir de faim, moi, ma femme et cette innocente créature. — Qu'on se rappelle cet époque ou la stupide férocité de nos tyrans poursuivait jusques dans le tombeau, la gloire ou la vertu qu'avait dérobés à leurs coups les générations passées. — Cette anecdote pouvait fournir quelques scènes heureuses ; aussi les auteurs dont nous parlons, s'en sont-ils emparée d'une manière ingénieuse. — L'auteur d'Andromaque répara les divers outrages que ces deux devanciers avaient fait à l'illustre roi du Pont. — Les législateurs auraient, pour justifier la communauté des sexes, les motifs qu'ont eu les législateurs passé et présens pour proposer une faculté de divorce aussi étendue. — Ce peintre doit être satisfait des justes éloges que lui ont value ses deux derniers portraits que tout le monde a admiré avec d'autant plus de plaisir, qu'on en avait pas vue de semblable depuis long-temps. — Quoique ce jeune-homme ait étudié quelques sciences qu'on lui a enseigné, il faut encore qu'il acquiert des notions étendues sur beaucoup d'autres qu'il n'a pas appris. — Sous un régime plus libre, les professeurs auraient été dans les siences exactes et naturelles, au niveau de leur siècle; et, loin de repousser les lumières, ils les auraient accueilli avec entousiasme; les universités de France, comme celles d'Angleterre, se seraient montré les émules de ces sociétés savantes qui honorent le genre humain. — Après avoir offert à Delille, pour premier motif de retour, l'amour si naturel des lieux qui nous ont vu naître, l'auteur ajoute que l'Allemagne est peu propre à inspirer de bons vers aux poëtes Français. — Muses, sortez de cet engourdissement ou vous a plongé le morne silence de la saison des frimas. — Le laboureur se dispose à savourer les mets que lui a préparé une épouse tendre et soigneuse. — Ils se sont entretenu avec plaisir du Ministre qui les a comblé de ses bontés, qui leur a prodigué milles preuves de bienveillance, et des citoyens qui les ont embrassée, après les avoir accueilli avec intérêt. — Tous les obstacles que le despotisme et la vanité opposaient à vos pères, vos pères les ont renversé au prix de leur sang; et c'est pour vous applanir la route, qu'ils se sont élancé sans crainte au milieu d'un empire boulversé. — L'étude a coutume de nous affranchir des erreurs ou nous a plongé le manque d'une bonne éducation. — Ces deux jeunes-gens se sont proposé pour remplir la place que vos amis ont perdu par leur négligence; mais ils ne se sont pas pour cela proposé de suivre en tout point leur conduite. — La liste des ouvrages de Viéland est nombreuse; quelques-uns dattent de mille sept cent cinquante-deux; ils se sont succédé d'année en année, jusqu'à celle qui coure. On peut assurer que cet auteur n'en est pas encore venu au moment de la sage retraite qu'a conseillé le bon Horace. — Il s'est rencontré une faute assez grave dans la feuille qu'on m'a donné à lire; je ne l'ai pas corrigé, parce que je n'avais pas reçu d'autorisation pour le faire. — Que sont devenu ces tours superbes, ces piramides, ces chateaux forts qu'on avait élevé pour deffendre et orner notre territoire? — La Harpe savait que le grand Rousseau et Voltaire s'étaient vu préférer des concurrens dont les noms sont aujourd'hui tombé dans un profond oubli. — Sous un pinceau tel que le sien, les réflexions que lui auraient suggéré le tableau de la Chartreuse, auraient produit une peinture charmante de l'homme mélancolique qui meure de faim au milieu des dons sans nombre que la main de la providence lui a prodiguée. — Songez-vous à la faible part que le génie de Sterne lui a value dans les richesses de ce bas monde? Il aurait pourtant fait un si bon usage de ses richesses, qu'il aurait consacré à de bonnes œuvres! — Il n'est pas aussi facile qu'on pourrait le penser, de marcher dans des routes que la foule a rendu impraticables, de s'égarer dans un pays dont la carte est connu de tout le monde. — Je dois citer ce ministre au tribunal de la justice et de l'humanité; on les a trop oublié, quand il a fallu juger des hommes en place. Les lois que celui-ci a violé, les corps de l'Etat qu'il a opprimé, les parlements qu'il a avili, la famille royale qu'il a persécuté, les peuples qu'il a écrasé, le sang innocent qu'il a versé, la nation entière qu'il a livré enchaînée au pouvoir arbitraire, auraient du s'élever contre ce coupable abus des éloges, et venger la vérité que le mensonge a trop long-temps outragé. — Nous terminerons nos séances comme nous les avons commencé; nous suivrons des règles constantes.

que nous n'avons pas abandonné ; nous remplirons les obligations que nous ont prescrit les cahiers de nos commettants. — J'ai vu, dans différents départements que j'ai habité, toutes les personnes qu'on avait rayé de la liste des émigrés, s'attacher au sol qui les a vu naître, quelsque dommages qu'elles eussent éprouvé. — Les portes que j'ai entendu fermer, roulaient sur des gonts mal assurés. — Les phrases sont plus ou moins douces, selon les mots qu'on a choisi, selon la place qu'on leur a donné, et selon la manière dont on les a cousu ensemble. — Quand viendrez-vous, mon ami, dans la maison des champs que j'ai acheté, il y a quelques mois ? quelle époque avez-vous fixé pour votre voyage ? puissai-je goûter le plaisir de vous recevoir chez moi l'automne prochain ! je désirerais que vous passassiez cette saison dans ma petite métairie, que tout le monde a trouvé si commode ; vous y vivericz loin du fracas de cette ville tumultueuse que vous avez habité trop long-temps et que vous avez toujours tant haï. Contez, mon ami, que vous trouverez chez moi les plaisirs innocens qui vous ont toujours plue, et qu'à bon droit vous avez préféré sans cesse à ces plaisirs factisses dont on jouit dans les grandes villes. — La tragédie que vous avez vu louer, n'a pas répondu, dites-vous, à l'opinion que vous aviez concu du talent de son auteur ; le stile vous en a paru très-faible ; les sentimens qui y sont répandu, vous ont parus mal exprimé ; la pièce, en un mot, nous a semblé d'un intérêt nul. — Les femmes ont remarqués que ceux qui les ont traité avec peu de ménagements, les ont toujours beaucoup aimé. — Je ne pouvais choisir un moment plus favorable que celui ou plusieurs d'entre vous vont recevoir le prix des efforts que leur a coûtés une étude importante que le plus grand nombre a trop long-temps négligé. — Les victimes furent partagées entre les dieux, les prêtres et ceux qui les avaient présenté. — Ces habitans rappellent, par la diversité de leurs costumes, es révolutions qu'a subi cet empire célèbre dans les fastes du monde. — Florian savait très bien l'espagnol; il lui était doux de parler une langue que sa mère avait parlé. — O Dieu, comment l'homme peut-il exiger de toi une récompense, quand il l'a reçu de sa conscience. — Les écrits fameux qu'a vu naître le siècle de Louis XIV seront connu, admiré de nos derniers neveux. — Deux oiseaux qui s'étaient construit un nid commode, se caressaient sur les branches voisines. — Le tort du gouvernement français, à vos yeux, est de rétablir les autels que vous avez cru renversé pour toujours. — Vous êtes importunés de l'éclat de la France, vous êtes affligés de la force que lui ont acquis ses armes victorieuses. — Ceux qui décrient la paix, se plaisaient sans doute à la vue des grandes tempêtes qu'on aurait excité; mais ils les ont contemplé du port. Ne pourraient-ils quelquefois songer à la multitude de malheureux qu'ils ont vu se débattre dans les horreurs du naufrage? — Les professeurs des écoles centrales ne se sont laissé rebuter ni par l'indifférence qu'on leurs a toujours témoigné, ni par le défaut de payement dont ils ont eu à se plaindre. — Cette musique est vraiment belle, et je suis certain que tous ceux qui l'ont critiqué d'abord, lui rendront bientôt la justice que lui ont rendu les hommes mêmes d'un goût sévère. — Je vous envoie quelques papiers que vous ne croirez pas inutiles, je pense, d'examiner avec soin; je les ai trouvé dans une armoire que mon oncle tenait toujours fermé. — Elles méritèrent bien de la patrie, ces armées glorieuses qui l'ont sauvé, défendu, aggrandi; le héros qui les a conduit tant de fois à la victoire, à certainement les mêmes droits à la reconnaissance nationale. — Ces droits sont écrit par tout; la victoire seule ne les a pas tracé; d'autres monumens les attestent. — Une jeune personne s'est précipité avant hier d'un bateau de blanchisseuse dans la rivière. Les prompts secours qu'on lui a porté, l'ont empêché de se noyer. — Les hommes malheureux ont des amis que leurs a préparés la providence; ils en reçoivent des secours et des conseils. — Ce magistrat a donné sa démission, comme nous l'avons annoncés; il n'a pas voulu garder plus long-temps la place que lui avait confié le Gouvernement. — Mes amis, je vous ai toujours recommandé la diligence et la sagesse, sans lesquels vous ne pouvez pas faire de progrets dans les sciences qu'on a commencé de vous enseigner. — Nous ne quittrons jamais les sociétés littéraires que nous avons eus coutume de fréquenter jusqu'à présent; les discussions scientifiques qui s'y sont élevés depuis le jour de leur organisation, n'ont pas peu contribués à notre avancement dans la carrière des lettres. — Les peines que nous avons vus ce célèbre grammairien se donner pour conduire la langue française à sa perfection, nous prouve combien l'étude en est prétieuse. — La question que j'ai entendus faire si le français est une langue où un jargon, me paraît un crime de laize-majesté nationale.

C'est à la paix, c'est au héros qui l'a conquis, que

nous devons les progrès que nous avons déjà fait pour notre régénération social. — Les œuvres que j'ai possédé quelque temps chez moi, sont d'un sage de l'antiquité qui connaissait bien le cœur humain; je les ai lu avec beaucoup de réflexions pour me confirmer dans l'opinion avantageuse que j'ai toujours eu de ce philosophe. — Le travail et l'étude pourront seul vous procurer, mon ami, les connaissances dont vous avez besoin. Les conseils que je vous ai donné en vous invitant à étudier les diverses partis d'instruction, auxquels vous êtes étrangers, ne peuvent qu'être approuvé de tout le monde; vous ne vous repentirez donc pas de les avoir suivi. — Quels sont ordinairement les matières des conversations des jeunes-gens? ils n'en ont point. Si quelquefois ils se sont entretenu ensemble, ils n'ont parlée que de choses frivolles; et les conversations qu'ils ont eu par hasard, ont roulé sur des objets fort peu intéressans. — J'ai reçu une lettre de votre oncle pour lequel j'ai une vraie considération; il paraît que je puis conter sur les dispositions très favorables que m'a toujours témoigné ce galant homme. Je n'oublirai jamais les marques d'estime qu'il m'a donné dans tous les temps. — Les réflexions que vous avez lu dans cet excellent ouvrage, étaient de nature à être gouté, aussi ont-elles parue faire plaisir; c'est la philantropie la plus aimable qui les a dicté à la personne qui nous les avoit fourni, avant qu'elles vissent le jour. — Ce jeune homme ne saurait relire trop souvent les principes et les règles qu'on lui a donné sur la sintaxe; ils peuvent seules l'instruire dans le grand art de parler. — Comment se fait-il qu'il y ait si peu de jeunes gens qui aime à lire? c'est dans les livres seul, quand on les a bien choisi, qu'on peut puiser ses tours heureux, ses expressions admirables, ses idées neuves, que j'ai rencontré si souvent dans les écrivains de l'antiquité. — La conduite que votre fils a tenu jusqu'ici ne saurait dissiper les soupçons humilians qu'il a fait naître en nous, et que j'ai souvent eu moi-même sur son conte. — Je sens tout le prix de mes droits, je n'ai pu y renoncer; pourquoi donc les avez-vous indignement méconnu en m'accablant de maux? Si je les ai souffert, c'est que je n'ai pu faire usage de ces mêmes droits que la nature m'a donné. — Je dois, mon ami, te remercier de la complaisance que tu a eu de me faire parvenir les ouvrages qu'on t'a prêté; je te les renverrez, dès que je les aurez lu. — Tot ou tard les rayons perçans de la vérité vengeront la vérité que les hommes auront négligés de suivre. — La feuille qu'on nous avait annoncés devoir paraître a trompée notre attente; l'opinion que nous avions conçu par avance de ceux qui devaient la rédiger, était au-dessus de leurs talens. — Il s'en faut beaucoup que les rois qui sont mort, ayent été tels que la flatterie les avait dépeint pendant qu'ils vivaient. — Les gens de bonne foy sont forcés à convenir qu'une erreur, bien que les hommes l'ayent respecté de tout temps, n'en est pas moins une erreur. — S'il a obtenu la couronne qu'on lui a remis, il ne l'a obtenu qu'après l'avoir disputé par son talent, et il ne l'a pas ravi. — Nous vous avons tracé la règle qui doit nous juger, nous vous avons dit nos devoirs; ce sera vous qui nous direz si nous les avons rempli. — Si vous versez des larmes de sang sur le sein d'une épouse qui s'est laissé violer par des monstres, pour vous sauver la vie, accusez-en les athées, qui ont boulversés la terre et le ciel, pour régner un moment sur des cadavres. — Les traits de courage qu'on nous a raconté, méritaient de trouver une place honorable dans les fastes de la république qui s'était élevée sur les débris de la monarchie. — Les notes savantes que cet auteur a consulté, depuis qu'on les a rendu publics, ont donné un grand relief à l'histoire qu'il a publie; je suis certain que ces mêmes notes, quand vous les aurez lu, obtiendront votre suffrage. — Les lauriers qu'on a cueilli sans pérille, ne méritent le plus souvent que du mépris. — Les orateurs que j'ai entendu discourir sur cette matière fort délicate, ne m'ont pas paru l'avoir assez long-temps médité. — Tout tant que nous sommes, faibles mortels, nous devons remercier Dieu, seul dispensateur des biens et des maux, de toutes les bonnes qualités que nous avons reçu de lui. — Je ne pense pas que vous ayez lus les excellents ouvrages qu'a composé le Philosophe de Genève; je les ai prêté à un de mes amis, et je me propose de vous les envoyer, quand ils me seront revenu. — Un généreux soldat ne crains pas la mort, quant il l'a bravé mille fois au milieu des périls les plus grands. — Ta sœur m'a dit qu'on lui a parlée des couplets charmants que l'on a composé pour la fête qui a eu lieu ce matin; je desirerais que tu me les montrasse. Je les ai entendu lire, mais quand je te les aurai entendu chanter toi-même, je pourrai mieux juger de leur mérite. — On vous remettra infailliblement vos deux lettres, car je les ai recommandé à la servante qui est venu les chercher à la maison. — Je déteste les éloges que vous m'avez prodigué; je ne crois pas, mon ami, les avoir mérité par la conduite que j'ai tenu. — Il n'est pas moins glorieux que flatteur d'employer au soulagement de l'humanité souffrante les richesses qu'on a amassé à la sueur de son front. — Nous ne pouvons qu'admirer les vertus sublimes que ce grand homme a déployé dans toutes les circonstances de sa vie. — Braves Anglais, j'espère que nous ne ferons toujours qu'un peuple de frères ; les Français vous ont sans cesse recommandée et vous recommandent encore de conserver d'eux l'opinion avantageuse que vous paraissez en avoir eu jusqu'à présent. — J'ai reconnu ces étrangers que j'ai vue passer ; ils m'ont paru diriger leurs pas vers ces beaux lieux que Turenne et Villars ont honoré de leur présence, et qui sont devenu un domaine de la couronne. Ces lieux magnifiques, que j'ai souvent admiré avec vous, attireront toujours un grand nombre de curieux qui, en se rappelant les diverses contrées qu'ils ont vu et parcouru, penseront néanmoins, que, quelques beaux que leurs ayent parus les pays de la France les plus célèbres, rien n'est comparable aux environs de cette ville qu'ont habité les différents princes que nous avons eu pour souverains. — Vos sœurs que je n'avais pas vu depuis trois mois, m'ont parues écrire et parler plus purement ; elles sont redevables de cet avantage au très-bon maître qui leurs a enseignée la grammaire qu'elles avaient négligée d'apprendre. — Il serait important que toutes les terres que nous avons rencontré sur notre route, fussent cultivé ; la fertilité des campagnes est la vraie richesse d'un Etat. — Je doute que les motifs et les raisons que vous avez allégué à votre père pour justifier votre absence, lui ayent parus plausible. — Il s'en faut de beaucoup que je sois aussi heureux que lui, bien qu'il le croye; mes beaux jours sont passé; le bonheur et la joie qui les ont accompagné, ne reviendront plus. — Le panégiriste de Raynal dit que les grands hommes par qui l'histoire avoit été traitée jusqu'alors, avaient bornés leurs vus a tel ou tel peuple, mais que Raynal s'est élevé au-dessus de l'atmosphere. Il a vu, ajoute t'il, la terre sous ses pieds, et semble l'avoir trouvé trop petite pour l'étendue de son génie. — Quant on songe aux autoritées sans nombre que cet écrivain a consulté, à la masse énorme de matériaux épars qu'il a rassemblé, à la multitude de connaissances qu'il a réuni et de faits don sa mémoire était surchargé; quant on songe à la difficulté qu'il a éprouvé ensuite pour faire de ces matériaux un édifice régulier et simétrique, l'esprit demeure en suspend et ne sait lequel est le plus admirable ou son génie ou son courage. — Que de maux et de guerre la superstition n'a t'elle pas enfanté! que d'atrocités n'a t'elle pas produit! Tous les philosophes ont travaillé a détruire ce monstre sanguinaire; on trouve dans leurs écrits ces vérités éternels que Raynal a tracé dans son ouvrage en caractères ineffaçables, et qui surviveront au torrent des siècles fugitifs. — Que nous avons vus d'hommes méchans et audacieux dans la ville extrêmement tumultueuse que nous avons habité pendant trois ans et demie! — Je présume que votre père à qui j'ai rendu tous les services qu'il a réclamé de moi, me prêtera pour un jour seulement le cheval et la voiture que je lui ai demandé. — Vous voyez, messieurs, que tout le monde ici concourre à la bonne œuvre que vous vous êtes proposée de faire; elle remplira l'attente des malheureux qui nous ont demandé les moyens de travailler. — Les Grecs étant sorti de la ville de Troye qu'ils avaient livrés aux flammes, firent annoncer par un héros d'armes (ce qui fait l'éloge de la nation grecque), que chaque citoyen libre pouvait emporter avec soi, sur ses épaules, ce qui lui paraissait le plus essentiel et le plus prétieux. — Il n'y a pas de gens dans le monde, que j'aye plus méprisé, que les petits beaux esprits, qui presque tous ont plus de prétentions que de jugements. — Turenne disait que, si l'homme le plus parfait donnait tous les soirs la liste des pensées et des volontés qu'il a eu dans le cours de la journée, on le jugerait digne des petites maisons. — Un enfant, dans l'ombre et dans le silence de la nuit, redoute les phantômes qu'il s'est créé; il est souvent difficile de bannir la frayeur qu'il a eu. — J'ignore quels moyens votre frère a employé pour parvenir à son but, mais je crains fort que ces moyens ne soient pas tout à fait licites. — En rappelant au peuple français les vertus qu'il a perdu, et en le félicitant de celles qu'il a conservé, vous auriez donné tous les genres de leçons et d'exemples à la fois. — On dit que M. Pitt a refusé la statue que lui avaient décerné les négocians de Londres. — Protégé par les papes qui donnaient l'exemple aux rois, les sciences s'envolèrent de ces lieux sacrés où la religion les avait réchauffé sous ses ailes. — Newton n'eut plus qu'a mettre en œuvre les matériaux que tant de mains lui avaient préparé; mais il le fit en artiste sublime. — Nous l'avons visité au milieu de la nuit, la petite vallée solitaire habitée par la famille des castors. — Tous ces instints que le maître du monde a réparti dans la nature, disparaissent pour le philosophe qui refuse de croire en Dieu. — Pour peu que l'absence ait durée, que retrouvons-nous aux lieux qui nous ont vu naître? combien existe-t-il d'hommes de ceux que nous y avions laissé pleins de vie? — Il y a telle de mes périodes, que j'ai tourné et retourné cinq ou six nuits dans ma tête, avant qu'elle fut en état d'être mis sur le papier. — Ma mère était riche, elle avait de la sagesse et de la beauté; ce n'avait pas été sans peine que mon père l'avait obtenu. — L'élocution consiste à orner les raisons que l'on a inventé et disposé dans un ordre naturel, et à leurs donner un tour et des graces qui gagnent l'esprit et le cœur. — Ne serions nous pas en contradictions avec nous même, si après avoir conquis ces beaux monumens qui sont arrivé d'Italie; si, après les avoir transporté au sein de la France, nous nous bornions à les admirer un moment, et si nous n'étions pas enflammé du desir de les effacer? — L'homme a recourt à la poésie et à la musique pour raconter a ses fils attentifs les jouissances qu'il a éprouvé, les travaux qu'il a terminé, les courses qu'il a fait, les succès qu'il a obtenu, les inventions dont il s'est enrichi, et les grands évènemens phisiques dont il a été le témoin. — Leur chasse plus heureuse leur fournit un aliment plus substantiel et plus agréable que des végétaux que la culture n'a pas encore amélioré. — Quelle puissance que celle de l'espèce humaine développant par sa propre force toutes les facultés qu'elle a reçu de la nature! qu'elles victoires que les siennes! elle a tout asservi. — Suivons ces généreux guerriers; marchons, comme eux, au bonheur et à la gloire par la route que leur sang nous, a tracé. — Ce héros tendit sa main pour me bénir, et, d'un air recueilli, il prononça à demie voix des mots que j'ai à peine entendu, et que j'ai compris encor moins. — Un Juif très opulent de la ville de Bordeau, chef d'une maison de commerce, qu'il avait aggrandi par son industrieuse activité, était à son lit de mort, environné de ses amis et de quelques-uns de ses enfans. Ne pouvant se dissimuler que sa fin approchait, il fit rassembler tous ces fils et leur distribúa les nombreuses richesses qu'il avait amassé à la sueur de son front. — Quand il eût rempli ce premier besoin de son cœur, quand sa sollicitude paternelle eût été satisfaite à cet égard, il dit à l'aîné de ses fils, dans lequel il avait placé toute sa confiance : Apportes-moi, mon ami, une petite cassette qúe tu trouveras dans mon cabinet; je l'y avais renfermé avec soin jusqu'à ce jour, mais il est temps enfin que je l'exposé à vos yeux; et que je vous manifeste à tous quels sont mes intentions. — La cassette que ce bon père avait demandé, n'eût pas été plutôt apporté devant lui, qu'il dit, ses enfans assemblé : Sachez un secret dont je veux enfin vous faire part. Cette cassette que vous voyez, renferme environ cent mil écus de billets de diverses sommes. En m'approchant du tombeau ou je vais bientôt descendre, je ne veux d'autre richesse que celle-ci, c'est la seule que je me réserve, c'est la seule qui me soit bien cher, puisqu'ici sont déposé les preuves des services que j'ai rendu a des infortunés. — Vous ne doutez pas assurément que ces richesses ne m'appartiennent, et que je ne puisse en disposer à mon gré. Les billets que renferme cette cassette, ont été souscrit à mon profit par les divers malheureux que j'ai obligé dans le cour de ma vie. — Comme je ne veux pas que ma mort soit un signal d'inquiétude pour ces infortunés à qui j'ai prêté des secours, lorsqu'ils les ont réclamé de moi; comme je ne veux pas qu'ils ayent à craindre d'être tourmenté, quand je ne serai plus, pour des remboursemens que je n'aurais jamais exigé d'eux, tant que j'aurais vécu, souffrez, mes chers enfans, que je fasse en leur faveur une bonne action; la dernière de ma vie. — Une bonne action d'un père, vous le savez, mes enfans, est un fort bon héritage, et je n'ai plus qu'un voeu à former avant de mourir, c'est qu'à l'heure de votre décès vous puissiez en faire autant. — A ces mots prononcé avec toute la chaleur de l'ame, le bon vieillard ouvrit la cassette qu'on lui avait apporté, en tira tous les billets, et, après les avoir examiné un moment, il les jeta au feu, en présence de ses enfans, qui, on doit le dire à leur gloire, le combler de bénédictions pour cet acte de générosité bien rare dans le siècle où nous vivons.

Les efforts de l'athéisme furent long-temps impuissans, ils l'auraient été toujours, si l'autorité publique ne s'était laissé séduire par les dehors trompeurs de la philosophie. — Les discours que j'ai entendue prononcer sur les avantages de l'adversité, m'ont paru bien propre à faire désirer à l'homme des revers et des calamités, sans lesquelles son courage et sa vertu ne peuvent être mises à l'épreuve. — Nos voyageurs ayant vécu long-temps parmis ces insulaires, non seulement se sont conciliée leur affection, mais encore sont parvenue à obtenir d'eux tout ce qu'ils désiraient. — Cette femme n'est pas aussi acariatre que vous avez crus; elle a de la douceur dans le caractère, ce qui me persuade que vous l'avez mal jugés. — La partie historique des ouvrages qué j'ai reçu de vos mains, se trouve entièrement dépouillé de tous les détails tecniques qu'on y avait renfermé. — Il faut que vous ayez l'oüi bien fin, pour avoir entendu la saillie que j'ai raconté tout bas à votre frère. — Aristote est un homme étonnant par la variété de ses connaissances et par le nombre des sujets qu'il a traité. — Quoique les sophistes grecs, par la subtilité de leur esprit, ayent abusé de la logique d'Aristote, on ne peut néanmoins lui refuser le tribut d'éloges que mérite l'idée qu'il paraît avoir eu le premier, de classer et de discuter les diverses formes de raisonnement. — Les progrès qu'a fait de nos jours la science du gouvernement, ont jettés une nouvelle lumière sur son traité de politique; et, pour fixer d'une manière irrévocable la place que doit tenir chacun de ses écrits, il ne nous manque que de voir les savans qui les ont plutôt surchargé qu'éclairci, remplacé par des traducteurs versés dans les sciences qu'il a traité, et qui, par leurs connaissances, puissent développer les matières que le temps a rendu obscur pour tous ceux qui n'avaient que la sience des mots. — Nous ferons connaître succinctement les premieres sources de ces brillantes allégories sur lesquelles les poëtes anciens et modernes ont bâtis leurs fictions, et les explications ingénieuses qu'on en a donné, fondé, pour la plupart, sur les usages des plus anciens peuples, et sur le souvenir des catastrophes qui ont boulversés la surface notre globe. — Les hommes probes ignorent les routes de l'ambition et de l'intrigue que les mauvais citoyens ont toujours suivi, pour usurper les honneurs et les places qui ne sont dus qu'au mérite. — Renfermé dans leur modestie, les gens honnêtes se dérobent aux regards de tous; sur de faire en eux de très bons choix, la puissance souveraine doit tacher de les découvrir, en quelque lieu qu'ils se réfugient. — L'empereur lui a témoigné sa satisfaction des peines qu'il s'est donné pour l'amélioration des établissemens des pauvres. — Vous avez là une jolie éventail; combien vous a t'elle coutée? Je ne l'ai pas acheté, je la tiens de ma soeur que j'ai perdu cette année, une maladie épidémique l'ayant enlevé à la fleur de l'âge. — Pour dominer les arts, il avait fallu jusqu'ici les corrompre; l'humiliante protection des cours les avait ravalé au point de ne les faire considérer, que comme des instrumens de la superstition, où de simples objets d'amusemens. — Les arts que le despotisme avait humilié, n'obtenaient qu'a force d'affront la tolérance de leur gloire, et le pardon de leur succès. — L'Asie, qu'on avait accoutumé au joug, a vue enfin briser ses fers, et elle a chantée les héros qui les ont brisé. — Cette femme a nuie à beaucoup de gens; mais, le malheur l'ayant enfin dompté, elle s'est attaché à réparer tous les maux qu'elle avait fait. — Lucrèce, dont vous faites mention, ne s'est pas laissé tuer; elle s'est poignardé elle-même, après l'outrage qu'elle a reçue. — Quels soldats la France n'a t'elle pas trouvé, lorsqu'il s'est agi de combattre les puissances ennemis. — Les juges ont renvoyé cette femme, après l'avoir reconnu innocente; cependant elle n'a pas voulu nommer ceux qu'elle avait dit avoir participée au crime dont elle était accusée. — C'est des débris de l'empire Romain, que se sont formé la plupart des Etats de l'Europe. — Que de jeunes-gens se sont repenti de n'avoir pas écouté les bons conseils que nous leur donnions ! — Combien de pays n'ai-je pas parcouru ! que de régions n'ai-je pas observé dans mes voyages ! — Votre sœur s'était mise dans la tête de ne pas étudier la géographie qu'on voulait lui enseigner ; je crois qu'elle se sera repentie de ne s'y être pas appliqué. — Les moyens que vous nous avez fait prendre, ne valent rien ; personne ne les à approuvé. — Les dames que j'ai vu passer sous mes fenêtres, allaient sans doute à la promenade ou se sont rassemblé, dit-on, les plus jolies femmes de la ville. — Ce courtisan fort adroit a obtenu du prince toutes les grâces qu'il a demandé, et toutes celles qu'il a voulu. — Les lois que s'était imposé cette nation guerrière, étaient pleines de justice et de sagesse. — Cette ville s'est rendu célèbre par les différens assauts qu'elle a eu à soutenir. — J'aurais bien voulu éviter les détails dans lesquels je suis entré, mais je les ai cru nécessaires pour répondre aux diverses objections que vous m'avez soumis. — L'opinion de Ménage me parait conforme à la règle générale qui, dans les ténèbres ou l'usage nous a laissé, peut seul nous servir de flambeau. — Cette ville qui n'était rien autrefois, le commerce l'a rendu, en moins de trois ans, assez puissante pour lui donner les moyens de faire tête à ces voisins. — Les ennemis nous ont rendu, au bout de vingt-quatre heures, maître d'une place que l'on avait cru imprenable. — J'ai deux enfans charmans, je les ai fait peindre ensemble, tenant chacun un oiseau sur son doigt. — L'idéologie est une science que nous avons aimé, mon frère et moi, à cultiver. — Ce fameux capitaine a gagné plus de batailles, que plusieurs généraux n'en ont lue. — Tout le monde se souvient encore de la disette qu'il y a eu pendant six semaines de la présente année. — Ce procès dure trop long-temps; ils se sont déterminé à le finir incessamment, à quelque prix que se fut. — Telles sont, madame, les réflexions critiques que j'ai crus utiles de vous soumettre, avant l'impression de l'ouvrage que vous avez terminée. — Quelques-uns de nos modernes se sont imaginée qu'ils surpassent les anciens; or, quelle est grande leur vanité en ce point! — C'est un honneur auquel la femme savante dont il est question, a toujours aspirée, et qu'elle s'est vanté d'obtenir. — Parmi les héros qu'a produit l'antique Rome, il en est beaucoup qui se sont dévoué pour la Patrie. — Ainsi se sont perdu les femmes qui n'ont pas craint d'outrager la décence et la morale publique. — Les pénitences que se sont imposé les solitaires de la Thébaide, étaient extrêmement rigoureuses. — Cette jeune personne s'est laissé séduire par les promesses qu'on lui a fait, et qu'on n'a pas tenu. — Nous sommes bien reconnaissans des peines que vous vous êtes donné pour nous procurer les nouveaux ouvrages que nous vous avons parus desirer de lire. — Terminez au plutôt les affaires que vous avez prévus hier que vous aurez. — Les Tribus demandèrent à Clodius l'exécution de la parole qu'avait donné le consul Valerius. — Je dois blâmer le peu d'attention que vous avez apportés en composant ce devoir qui n'était pas fort difficile. — Cette jeune fille, en tombant, s'est crevés les yeux; on l'a reporté chez elle pour lui administrer les secours qu'exigent sa position. — Croyez-vous, mes amis, que les richesses vous auraient rendu heureux? Les sciences que vous vous êtes plucs à cultiver, sont préférables aux richesses. — Les mauvaises nouvelles se sont toujours répandu plus promptement que les bonnes. — Il ne faut jamais passer d'une chose à la suivante, sans avoir bien compris celle qui précède, et sans se l'être rendu familiere. — Cette bonne mère s'est proposé d'enseigner à ses enfans l'histoire et la géographie qu'ils n'ont jamais bien su. — Que de gens se sont repenti de ne s'être pas appliqué pendant leur jeunesse! — Je suis bien aise, mes amis, que vous ayez profité des instructions qu'on vous a donné; la science vous a fait des jeunes-gens estimables. — Les grandes pluies qu'il a faites cette année, ont du pourir les grains qu'on a semé. — Cette mère indigente que nous avons plaints, n'était pas digne de la commisération que ses enfans nous ont inspirés. — Avec des soins, on aurait pu sauver cette jeune personne; mais on l'a laissé mourir, sans lui donner les secours dont elle avait besoin. — Shakespeare et Molière se sont vu forcés à monter sur des trétaux pour gagner leur vie; semblable à deux philosophes anciens, ils s'étaient partagé l'empire des ris et des larmes. — Cet enfant veut fortement les choses qu'il a une fois voulu. — Saurez-vous bien faire l'application des règles qu'on vous a donné à apprendre et que vous avez entendu réciter? — Pourquoi vous êtes vous écartés, mes enfans, des bons principes que vous aviez commencé de suivre? — Combien de jours n'avons-nous pas employé à faire ensemble des lectures réfléchi, sans compter les nuits que nous avons travaillé l'un avec l'autre ! — Ces femmes se sont fait à nos usages domestiques ; il ne leurs a même pas paru pénible de s'y accoutumer. — Vos jeunes frères se sont proposé pour modèles de sagesse ; mais je pense qu'on trouverait trop à blamer en eux, pour qu'on dut les prendre pour guide. — Ces marchands se sont fait une mauvaise réputation ; on les a toujours vu sacrifier la probité à l'amour de l'argent. — Que de pleurs n'ai-je pas versé, en me voyant contraint à abandonner ceux qui m'ont donné le jour ! — Les malheureux ! ils ont su qu'on voulait attenter à notre vie, et ils nous ont laissé assassiner ! — Les papiers que j'ai envoyée chercher, vous feront connaître le file de cette intrigue. — Le peu de femmes que j'ai vu dans ce pays, étaient d'une amabilité charmante. — Delille a fait plus de vers que vous n'en avez lu de votre vie. — Ma mère que vous avez laissé partir, ne reviendra pas dans cette demeure qu'elle a quitté. — Ces ouvriers n'ont pas de pain, la rigueur de la saison les ayant empêché de travailler pendant l'hiver. — Les honneurs que votre habit vous a valu, sont loin de l'emporter sur ceux que nous a mérité la haute considération dont nous jouissons. — Que de fautes nous avons conté dans ce roman qui a été traduit par un écrivain très connu ! — Les déportemens de ce jeune homme sont le résultat du peu de soumission qu'il a toujours manifestée envers ses parens. — Ce médecin était très-bienfaisant, il a consacré au soulagement de l'humanité le peu de jours qu'il a vécu sur la terre. — La Fontaine est sans contredit un des hommes les plus célèbres que le département de l'Aisne ait produit, un des meilleurs poëtes que la

France ait vu naître. — On a envoyé dans les colonies les troupes qu'il a fallue, pour y rétablir la paix et la tranquillité. — Si je n'ai pas obtenu la place que j'ai demandé et prié qu'on m'accorda, je dois l'attribuer au peu de démarches que j'ai fait. — Le peu d'ouvrages que cet écrivain a composé, obtiendront les suffrages de nos descendans. — Mes amis, les habitudes qu'on vous a laissé prendre, tourneront un jour à votre honte. — Les successeurs d'Alexandre se sont partagé les dépouilles que ce prince ambitieux a remporté sur le grand nombre des peuples qu'il a vaincu. — Votre sœur est encore à la ville, nous l'avons empêché de partir pour la campagne où elle s'était proposé de passer les fêtes prochaines. — La pièce que votre ami a composé, n'a obtenu aucun succès; pourquoi donc l'avez-vous laissé tomber? — Je vous garantie que j'ai dessiné plus de paysages que vous n'en avez jamais vues. — Que de courage et de grandeur d'ame le héros cher à la France n'a-t-il pas montré dans beaucoup d'occasions! — Je regrette les sommes considérables que ce procès m'a déjà coutés; je désire de le terminer avant peu. — Pourquoi verserai-je de nouvelles pleurs? Je n'en ai déjà que trop répandues. — La difficulté que je me suis proposé, n'était pas facile à résoudre; cependant je l'ai vaincu à force de recherches. — Ce sont là des beautés nouvelles que la plupart des Anciens n'ont pas connu, mais que les Sophocle et les Euripide n'auraient pas négligés d'introduire dans leurs ouvrages. — Les mécontes qu'il y a eu entre nous, proviennent du peu d'attention que nous avons apportés à écrire les dépenses domestiques. — Votre maison n'est pas aussi commode que je l'avais cru ; je n'y vois aucun armoire où l'on puisse placer des livres ou des habits. — Vos fils sont à plaindre, on les a laissé contracter des engagemens qui les ont détourné sans cesse des devoirs qu'ils ont eu à remplir. — Je te rends les onze volumes que j'ai empêché de prendre. — Il est important que chacun sache de quelle nécessité il est d'ajouter de nouveaux impôts à ceux qu'on nous a vu payer jusqu'à ce jour. — Les champs que vous avez vu cultiver, doivent nous produire une récolte abondante ; ils sont très bien situé, et les nouveaux engrais que j'y ai fait apporter, ne peuvent que rendre la terre bien meilleure — La pluie que nous avons entendus tomber, fertilisera les jardins et les prairies que j'ai acheté depuis peu. — Les palais que j'ai vu détruire, appartenaient à des Evêques fort opulens qui les avaient abandonné pour prendre les armes contre leur patrie. — J'ai entrevu dans les projets que tu m'as communiqué, un grand nombre de difficultés qu'on ne pourra pas surmonter sans peine, cependant je crois les avoir vaincu en partie. — Je m'abusais peut être ; mais cette erreur, si c'en est une, m'a procurée trop de jouissances délicieuses, pour que je me repente jamais de l'avoir embrassé. — Ces lois étaient bonnes sans doute ; je vous le demande, pourquoi les a t'on laissé tomber dans un éternel oubli ? — Parmi les arts que le génie et la persévérance dans le travail ont créé, il en est trois surtout qui méritent votre attention, savoir ; la peinture, la sculture et l'architecture. — Soyez glorieux, jeunes élèves, des progrès que vous avez fait dans la musique, et des palmes qu'ils vous ont mérité. J'aime à le croire, ces vérités vous sont connuës, l'exemple des professeurs à qui votre éducation est confiée, leurs entretiens que vous aurez goûté, vous les auront déjà rendu familières. — Je doute que les marchés que j'ai vu passer, puissent tenir dans les circonstances difficiles où nous nous trouvons; et dans lesquelles tant de personnes manquent malgré elles à leurs engagemens, sans avoir intention de lézer les intérêts d'autrui. — Alexandrie est au milieu du désert. La ville des Turcs est batie aux dépens des villes des Arabes, où l'on n'a conservées intact, que les citernes qu'on n'a pas pratiqué sous la nouvelle ville. — Nous ferons l'histoire des préjugés, nous montrerons comment ils se sont succédé et se sont détruit les uns par les autres. — Les fleurs que j'ai vu cultiver avec succès chez votre père, sont les œillets et les tulipes que j'ai moi-même beaucoup aimé. — Nous allons parcourir une carrière féconde en vérités utiles; et dans quel lieu la parcourerons-nous? au milieu des collections les plus riches et les plus nombreuses que l'amour des connaissances humaines, la protection du Gouvernement, et d'immortelles victoires ayent jamais réuni — A quel supplice condamnera-t-on les brigants que vous avez vue amener? je les crois bien coupables; les maximes qu'ils ont toujours professé, ne laissent aucun doute sur la bassesse de leurs sentimens. — Les superbes hôtels que nous avons vu bâtir, ont du couter des sommes exhorbitantes; on les aurait mieux employé a soulager les malheureux. — Madame nous a paruë fort contente des ariettes qu'elle a entenduë chanter; elle les a trouvée, je crois, pleines de goût et d'harmonie. — J'avais de fort beaux oiseaux qu'on m'avait donné ; mais les ayant laissé périr, j'ai fait serment de n'en plus avoir. — Caton disait qu'un homme était digne de louanges immortelles, quand il laissait en mourant plus de bien qu'il n'en avait hérité. — L'occasion de faire cette conquête était bien belle, aussi fut-il blâmé par le peuple de l'avoir laissé échapper. — On peut dire de Bonaparte, ce que Boileau disait de Louis XIV. : qu'il a fait lui seul plus de grandes actions, que les autres n'en ont lus. — Tachons d'imiter les vertus que nous avons entendue louer. — Cette femme s'étant présenté à la porte, nous l'avons aussitôt laissés passer. — Elle va se réfugier dans une petite chaumière qu'elle découvre à vingt pas de là ; revenu de la frayeur qui l'a faite s'y retirer, elle donne à Alphonse une lettre de son père qui le rappelle. — Ces couplets ont paru très agréables aux personnes qui les ont entendues chanter ; pour moi, je les ai trouvé fort ingénieux. — Dispensez-vous, mon ami, de nous redire cette histoire que vous nous avez déjà raconté ; nous nous la rappelons fort bien. — Il s'en faut beaucoup que j'aie été content des acteurs que votre mère m'avait tant vanté, dont elle m'avait tant préconisé les talens dramatiques ; et que j'ai vu jouer aujourd'hui ; ils m'ont fait perdre plusieurs heures, que j'aurais mieux employé. — Les règles de la grammaire, que j'ai entendu expliquer et développer, m'ont paru fort bien analisés. — Votre sœur que j'ai entendu répondre sur les principes de la langue française, qu'elle n'a étudié que pendant six mois, et qu'elle me paraît avoir bien saisi, montre un excellent goût et un tac sur. — Je ne doute pas qu'elle ne soit bientôt en état d'enseigner cette langue, dont elle a commencée de bonne heure de faire son étude particulière. — Depuis que les femmes se sont répandu dans le monde aussi librement que les hommes, ceux-ci se sont imposé dans leurs discours une réserve qu'ils n'avaient pas encore eus entre eux.

De tous les plaidoyers que Périclès a composé, ils ne nous restent que des fragmens. Ce fut lui qui le premier introduisit la coutume de prononcer en public l'éloge des hommes courageux que la République avait vu périr à son service. — Les orateurs Romains que nous avons commencée de lire, nous ont parue pleins d'intérêts. Mon ami, si vous ne les avez pas encore lue, je vous conseille de les connaître, afin de puiser chez eux les règles de l'éloquence, qu'on ne vous a pas enseigné. — Une grande Nation que la philosophie et l'humanité ont affranchis de tous ces préjugés, et soustrait à l'empire du hazard, n'offre-t-elle pas un spectacle bien imposant et bien majestueux? — J'errais dans des vallées riantes où s'élevaient des pains et des chênes si antiques, que j'étais tenté de les interroger sur les générations rapides qu'ils avaient vu passer. — Ne répétez jamais les propos injurieux que vous avez entendu débiter. — Voyez ces plantes que j'ai laissé croître, elles font l'admiration de tous les curieux, qui n'en ont jamais trouvée de semblables. — La maison que j'ai fait achever, a parue bien belle à tous ceux qui l'ont examiné dans toutes ces parties. — Quel est, Madame, la contrée qui vous a vu naître? N'est-ce pas une de nos colonies, qui vous a donné le jour? Je ne crois pas que vous soyez née à Paris, comme quelques-uns l'ont prétendu. — Ces rois avaient été condamnés aux peines du Tartare, pour s'être laissé gouverner par des hommes méchans et artificieux; ils étaient punis pour les maux qu'ils avaient laissé faire par leur autorité. — Les difficultés qu'on a cherché à vaincre, ne tarderons pas à s'applanire; et c'est avec raison, que l'on dit que ceux qui se roidissent contre les difficultés, les ont vaincu à moitié. — J'ai été témoin d'une révolution qui a coutée bien du sang; j'ai vu mes contemporains qui, au jugement de toutte l'Europe, passait pour des hommes érudis, je les ai vu décerner des titres pompeux aux apôtres du mensonge; et porter en triomphe les bustes des ennemis de l'humanité. — Les orateurs que j'ai entendu parler ce matin, m'ont parue doué d'une organe assez agréable; la matière qu'ils ont traité et que j'ai entendu discuter, m'a parue d'une assez haute importance, puisqu'il s'agissait de la régénération des mœurs publiques, que des hommes ambitieux et farouches ont perverti à la honte de la Nation française. — Mères pauvres et délaissés, souvenez-vous que vos enfans qui vous ont abandonné, pour aller combattre les ennemis de leur Patrie, vous ont, en partant, recommandé à notre sollicitude. Essuyez donc les pleurs que vous avez répandu jusqu'à ce jour et celles que nous vous voyons répandre; nous ne manquerons pas à nos engagemens; nous acquitterons la dette honorable que nous avons contracté. Oui, nous vous avons recommandé et nous vous recommandons encore la plus grande confiance dans les personnes que vos enfans ont choisi pour vous transmettre les secours et les consolations dont vous avez besoin. — Les palais et les châteaux que nous avons vu bâtir à grand frais, ont été construits aux dépens du peuple, qui seul a fourni les sommes exhorbitantes qu'on a consacré à la magnificence de ses somptueux édifices. — Il y a un goût superficiel qui n'est, à proprement parler, qu'une tradition du goût d'autrui, qui ne juge rien que par comparaison, ne rapporte rien qu'aux modèles qu'il a entendus louer, et ne voit rien au-delà. — On a beaucoup pensé et beaucoup écrit sur les femmes, et la plupart de ceux qui en ont parlées, les ont peu ménagé dans leurs portraits. Pourquoi les femmes se sont-elles cru peu offensé du mal qu'on a dit d'elles? c'est qu'elles savaient avoir affaire à des juges intéressés, lesquels avaient des motifs secrets pour ternir leurs réputations. — La pluie qui est tombé ce matin, fécondera sans doute les champs naturellement fertiles que nous avons vu labourer. — Un vent impétueux a porté loin de la forêt l'épée que sa main a laissé tomber. Il sort, et la retrouve sur sa route. — L'opinion facheuse que nous avons conçu de ce peuple, provient des souvenir des cruautés que nous avons vu exercer chez lui. — Mon ami, les détours que je vous ai vu employer, ne me donnent pas lieu de croire que vous soyez véridic. — J'ai reçu chez moi votre mère qui est venu s'informer des progrès que vous pouvez avoir fait dans la carrière des sciences que vous avez commencés d'étudier. — Les ruisseaux que nous avons vu détourner, portent ailleurs le tribut de leurs ondes paisibles; ainsi les campagnes que j'ai vu cultiver, ne seront plus arrosé de leurs eaux salutaires. — Qu'elle école que celle de la révolution! comme elle a changée les hommes et les choses! combien de talens elle a produit! combien elle a dévoilé de turpitudes! combien de ressorts nouveaux elle a créé! Ces grandes idées, ces principes, ces théories à peine connu de quelques hommes du premier ordre, sont devenu des vérités pratiques et familieres. — Les ouvrages nouveaux que nous avons vu représenter, ne nous ont pas parus conduit avec intelligence; le jeune auteur qui les a donné au théâtre, ne connaît pas toutes les ressources de l'art dramatique; il ne les a pas assez étudié. — Qu'elles grandes leçons nous avons reçu en peu de temps, et qu'elles traces profondes elles ont laissé dans les esprits! — Les dons de toute nature, que nous avons vu apporter, n'ont pas peu contribué à grossir le trésor public. — Ces règles si faciles, vous les avez déjà entendus expliquer au moins trente fois, et cependant vous ne paraissez pas les avoir compris! — Je ne connais pas le produit de la terre que vous avez longtemps habité; mais je crois qu'elle serait très propre à recevoir les jeunes plans que j'ai vu apporter. — N'oubliez jamais les bons avis et les leçons que vous avez reçu de vos maîtres; ils vous seront utiles partout où vous vous trouverez. — Les troupeaux que nous avons vu conduire dans la prairie, nous ont parus bien différens de ceux que nous avons vu rentrer d'eux-même dans le bercaille, lorsque nous étions tout prêts de la ferme qu'a acheté votre cher oncle. — Messieurs, votre commission vous a exposé les vues principales qui l'ont dirigé dans le plan de l'organisation de l'instruction publique. — Les bâtimens que j'ai vu élever dans cette ville, et qui sont loin d'être occupé, sont en trop grand nombre relativement à la quantité des habitans. — Les sacrifices que vous m'avez vu faire, ne permettent pas que j'en fasse de nouveau, quoique l'utilité publique les ait depuis longtemps sollicité de nous. — On peut se convaincre des soins que lui a coûté l'examen d'une aussi riche collection, par les extraits qu'il en a donné, et par les notices bibliographiques qu'elle lui a fourni. — Voyez ces lionceaux qu'une mère farouche a instruit au carnage; leur crinière ne flotte pas encore sur leur col; l'âge n'a pas encore développée les forces qu'ils ont reçu en partage; il n'a pas encore formée en eux les armes meurtrières que leur a donnée la nature. — Il serait dangereux de dévoiler à la jeunesse les erreurs de ces hommes que l'antiquité nous a peint comme des héros. Ils ont souvent ternis la gloire et l'honneur que leurs ont procurée des actions mémorables, par des écars terribles qui les ont placé au dessous des autres hommes. — Les jeunes gens ne doivent connoître que ses hommes extraordinaires qui se sont montré supérieurs à leurs contemporains, et qui ont faits époque parmi les nations qui se sont glorifié à juste titre de les avoir possédé. — Ce n'est pas une traduction nouvelle que madame a prétendu donner; c'est seulement l'esquisse d'un grand tableau dont elle a recueilli les traits les plus dignes d'être cités. En élagant tout ce qui pouvait être retranché, si elle s'est permise de courtes réflexions, c'est qu'elle les a cru essentielles et même nécessaires. — Tu rougirais sans doute de voir tes bras qu'on aurait impitoyablement chargé de fers; travailles donc a mériter l'estime que personne ne t'a refusé jusqu'à ce jour. — Quel service n'ont pas rendu à la jeunesse les écrivains qui ont mis à sa portée les grands exemples de courage et de vertu que Plutarque, cet homme célèbre, a recueilli dans ses ouvrages! — Tant d'imprudences de la part de ce jeune homme, sont graves et dangereuses; elles ne tiennent pas aux vices du maître, elles sont le produit des leçons que l'élève a reçu, la suite des funestes habitudes qu'on l'a laissées prendre, et le résultat de la méthode que paraît avoir adopté le précepteur. — Les conversations que j'ai souvent eu avec votre père, ont tournés à votre profit. J'ai lu les divers plans qu'il a proposé sur l'économie sociale, et c'est avec une vrai satisfaction qu'il a lu les matières littéraires que j'ai traité publiquement. — J'ai été vivement touché, a répondu le premier consul à ceux qui sont venu le féliciter sur la conservation de ses précieux jours, j'ai été vivement touché des preuves d'affection que le peuple m'a donné dans cette circonstance. — L'éloge dont j'ai offert l'analise, a le double avantage de présenter aux amis de la vertu l'histoire d'un magistrat qui l'a constamment pratiqué, et aux amis des sciences l'histoire d'un savant qui les a cultivé avec succès. — Quand à la morale, remercions l'être suprême de l'avoir séparé des autres sciences, et de ne l'avoir pas abandonné à l'incertitude et aux aberrations de l'esprit humain. — Ou nous a conduit cette raison qui, depuis tant de siècles, s'enrichit, dit-on, et se perfectionne? Qu'est-il résulté de cette masse de lumières qu'on prétend s'être accumulé depuis six mil ans? Dites-moi, je vous prie, qu'elles sont les vérités inconnues que nous ont révélés ces grands hommes? — Tous les fanatiques, tous les imposteurs se sont toujours donné pour des hommes inspirés qui apportaient à leurs siècles des clartés nouvelles, et leurs contemporains ne se sont pas donné la peine de s'assurer s'ils méritaient quelque confiance; ils auraient reconnus que s'est cet esprit d'innovation et de réforme, qui a boulversé le monde. — Cette femme, célèbre d'ailleurs, a avàncée quelques principes erronnés. Faut-il, s'écrie t'elle, que l'espèce humaine se soit toujours dégradé, à mesure qu'elle abuse d'une idée généreuse! — C'est ainsi qu'elle se jette de déclamations en déclamations, à la manière de cette espèce de sophistes dont elle s'est fait le défenseur officieux. — Tout tant que vous êtes, mes amis, vous vous êtes laissée conduire par des intrigans. — Les oiseaux que j'ai laissé tuer, faisaient ici beaucoup de dégâts. — La philosophie mérite sans doute tous nos hommages; mais les erreurs anti-sociales qu'une foule de beaux esprits nous ont débité depuis cinquante ans, ce n'est pas du tout la philosophie. — Chaque jour ils dénoncent de nouveaux abus qu'ils disent avoir découvert, ils fatiguent le public de murmures et de plaintes séditieuses; sous prétexte de perfectionner l'esprit humain. — Il était difficile d'introduire dans les deux ouvrages que j'ai lu, les tournures et les expressions que Michel Montaigne s'est rendu propres. — Que notre prose gagneroit à reprendre ces mots et ces tournures que nous regrettons tous les jours d'avoir perdu! — Dans le cours de la révolution qui s'est opérée, que d'intérêts divers ont été froissés! Combien de luttes pénibles n'avons-nous pas eu à soutenir! — Les commotions politiques se sont succédés, depuis quelques années, avec tant de rapidité, que beaucoup de questions sont aujourd'hui sans intérêt ou même dans l'oubli. — Je suis loin de regretter les cent écus que m'ont coûtés ce secrétaire et cette glace; je les ai eu tous deux à très bon compte. — Il avait une épée en main, mais l'ayant laissé tomber, il fondit sans arme sur l'audacieux qui lui avait porté le premier coup. — Les chaleurs qu'il a faites pendant l'été, ont parues insupportables même aux personnes qui ont vécus dans les pays méridionaux. — Votre femme s'est mise des chimères dans l'esprit; elle n'a plus à craindre les chagrins et les peines qu'elle a éprouvée jusqu'à ce jour. — Les deux mères que vous avez jugé, me paraissent s'être rendu coupable d'un grand crime; de pareilles attentats ne doivent pas demeurer impuni. — Les jeunes-gens que la loi a faite partir à l'armée, ont, malgré eux, renoncés aux douceurs que leurs avait promis un tendre himéné. — La désobéissance des soldats s'est trouvé monté au plus-haut degrés. — Cette pauvre femme n'ayant plus de pain à donner à ses enfants, s'est laissé périr de chagrin et d'inanition. — Les corps savants se sont faits des objections, et se sont répondu sur les difficultés qu'ils s'étaient faits. — De deux filles qu'elle avait, elle en a faite une marchande, et l'autre, elle l'a fait religieuse. — Caton abolit l'usage que des citoyens s'étaient arrogés de faire passer dans leurs maisons ou dans leurs jardins les eaux des fontaines publiques. — Voici la statue de cette fameuse Sémiramis que les Dieux ont métamorphosé en colombe, et c'est sous cette forme que les Babiloniens l'ont adoré longtemps. — Les habitans de Smirne sont adonnés aux plaisirs qu'ils ont toujours aimé; ils recherchent les douceurs de la vie, mais la mollesse ne les a pas énervé. — La ville d'Halicarnasse possède de grandes richesses; Mausole, son roi, l'a embelli de palais et de superbes monuments. — Télémaque, vainqueur de Phalante, va lui présenter néanmoins les cendres de son frère, qu'il a recueilli dans une urne d'or. — Le jeune fils d'Ulysse ne pouvait souffrir que les éloges qu'il avait mérité. Les louanges des flatteurs lui étaient suspectes. — La Grèce, que tant d'artistes et de littérateurs ont illustré, parut faite pour donner des lois à l'univers; elle ne sut pas toutefois s'en donner à elle-même; et elle devint la proye des peuples barbares. — Les grandes leçons de morale que nous a donné Cicéron dans son traité des devoirs, peuvent nous conduire au bonheur, si nous avons le bon esprit de les pratiquer. — Rome marcha sur les traces d'Athènes, elle parvint au plus haut degré de splendeur; mais elle s'écroula, lorsque ses conquètes l'eurent épuisé au dehors, et que ses factions l'eurent attéré au dédans. — Mes livres que j'ai laissée emporter, m'auraient été fort utiles au sein des disgraces qu'on m'a faites éprouver. — Il y a deux sortes de littératures, que le Philosophe a toujours distingué: la littérature frivolle qui énerve les facultés des jeunes-gens, et la littérature sérieuse qui développe et fortifie nos organes. — Les nations ne nous ont donné que trop souvent le spectacle de ses catastrophes mémorables par lesquels, du fait de la grandeur, elles sont tombé dans l'oubli, et se sont précipité dans le néant. — Que de gens nous parlent de la félicité, sans l'avoir jamais connu! — Si quelqu'un envieux de ma longevitée, desire de connaître par quel art je me la suis procuré, je lui dirai que ma recette se trouve dans cette branche de la médecine qui est appelée higienne, et qu'on a malheureusement négligé de cultiver. — Depuis Platon, deux hommes consacrèrent les talents qu'ils avaient reçu de la nature, et qu'ils ont fait valoir, a ramener la philosophie politique; se furent Cicéron, à Rome, et Michel Montaigne, en France. — Cette tragédie ne pouvait faire honneur à celui qui l'a donné au public; on est fâché que vous l'ayez laissés représenter. Le peu d'applaudissemens que l'auteur a reçu, le dégouteront entièrement du théâtre. — On prétend que Cicéron, dont les ouvrages que vous avez commencés d'expliquer vous paraissent si beaux, composa un plant de gouvernement, dont il ne nous reste aucune trace. — Montaigne, doué d'un esprit délicat et judicieux, réunissait la sagacité la plus étonnante aux connaissances profondes quil avait acquis par la lecture des bons livres. — Tout le monde sait quelle bénigne influence la doctrine de Platon a longtemps exercé sur la prospérité publique. — Les nations qui se sont éloigné de la vraie philosophie, ont essuyé de terribles et de nombreux désastres; le burin de l'histoire les a consacré d'une manière bien autentique. — Vos amis, que j'ai vu, se sont rappelés de suite la promesse qu'ils vous ont fait si souvent, de vous être utile. — Cette bonne mère s'est laissé attendrir par les pleurs de son fils; elle s'est créés des chagrins qu'elle n'aurait jamais eu. — Ne pourrait-on pas être étonné de la réponse qu'ils ont imaginés de faire à l'objection qu'on leur a soumis? — Anténor, qui vécut cent huit ans, s'écrie : Que d'hommes j'ai vu naître et mourir! Un fleuve dont les flots se suivent, se pressent, est la vive image des générations que j'ai vu s'écouler. Que de révolutions, de combats, de batailles écoutées alors avec avidité, aujourd'hui entierement oublié! Que sont devenu ses tirans, ses factieux qui, féroces d'orgueil, halletans de la soif des richesses et des dominations, sont monté de crime en crime au gouvernement de l'état? Ils ne sont plus qu'une ville poussière. — La belle Herminie fut séduite et attiré par les perfides conseils de l'Amour. — Tu n'est point née, lui dit ce Dieu, au sein des glaces où au milieu des rochers. Un monstre ne t'a pas enfanté dans les forets. La nature ne t'a pas donné un cœur de diamant, tu fuis néanmoins à tout heure celui par qui tu t'est laissé charmer! Tu craint un vainqueur cruel! eh! ne l'a tu pas vu partager les douleurs que tu as souffert, répondre aux plaintes que tu a exalé, s'attendrir aux larmes qu'il t'a vu répandre? Tu balance à sauver ton amant! Ingrate! Ah! c'est à toi plutôt qu'est du la dénomination de barbare que tu lui a donné! Cet amant vertueux languit loin de toi, et tu n'est occupée qu'à soulager son ennemi! Voilà donc le prix des services qu'il t'a rendu et de ceux qu'il auroit voulu te rendre encore! Vas, court, ou t'entraîne tes désirs illicites, abandonnes le héros magnanime qui t'a donné mille preuves de sa tendresse. Que dis-je? Retournes vers lui; il te tend les bras; rappelle-toi qu'il t'a adoré, malgré ton indifférence. Jeune et sensible comme tu l'est, tu ne peux braver l'Amour et ces feux.

SUBSTANTIFS *dont il importe de bien connaître le genre, pour déterminer leur accord avec l'Adjectif ou le Participe qui les accompagne.*

J'ACCEPTE volontiers, Monsieur, l'offre que vous m'avez fait de votre bourse (*). Ces gens-là prêtent à gros usure, aussi sont-ils fort riches. Mademoiselle, on va vous payer l'ouvrage que vous avez faite. Ils ne tardèrent pas à renverser l'idole qu'ils avaient encensés. On peut imprimer le cachet sur l'argile, tant qu'il conserve son humidité. Il faudrait qu'on retira les échoppes qu'on a placé dans ce passage. On parle d'une armistice conclu entre la France et l'Autriche. Vous écririez mieux, si vous suiviez l'exemple que vous a fait votre maître. Je me suis arrêté dans cet auberge que vous avez rencontré à vingt pas de la forêt. Cette article que vous prenez est beaucoup moins cher que cette autre. J'ai acheté un bel écritoire, et l'ai emporté a la campagne. Quel union vous m'avez proposé là! aussi ne l'ai-je point accepté. Cette hôtel est assurément une des plus belles que j'aye jamais vu. Pourquoi m'apportez-vous un vieux oie? je ne l'ai

(*) Les fautes de cette nature sont une nouvelle preuve des difficultés de la langue française, en même temps qu'elles démontrent l'obligation d'étudier les moyens de les vaincre. On trouvera à la fin de mon *Cours théorique et pratique d'Orthographe*, le catalogue de tous les substantifs dont le genre embarrasse souvent nos compatriotes, et surtout les étrangers.

pas demandé. L'urne que j'ai placé dans mon jardin renferme les cendres de mon père. J'ai une oratoire bien jolie; c'est là* que tous les matins je fais ma prière. Les épisodes de cet ouvrage me paraissent trop courtes et mal amenés. Je vous assure que cette pièce est de bonne aloy. Manes chéries de mon père, recevez mes touchans adieux. Vous n'avez personne au monde, qui vous soit plus attachée que moi. Bien qu'il fut très riche, il ne donna pas même une centime aux pauvres. Quand les obsèques eurent été fait, chacun s'en retourna chez soi. Un hydre cruel fut terrassé par le vaillant Hercule. Cette idiome qui vous déplaît, a été formée d'une ancienne langue que vous avez étudié avec plaisir. Quelles charmes trouvez-vous à la campagne, quand les frimats et les neiges sont arrivé! Leurs ongles n'étaient jamais coupé, et leur barbe tombait sur leur poitrine. Ce grand concours de monde autour du palais du Roi, était une forte indice du mécontentement général. Cette axiome est connu dans tous les pays civilisés. Quand l'exercice sera faite et que les troupes seront parties, nous nous rendrons chez le Ministre. Les légumes sont bien meilleures, quand la terre qui les a produit, a été souvent arrosée. On sait qu'une belle exorde a coutume de disposer l'auditoire à la bienveillance. Un soldat Macédonien offrit à Alexandre-le-Grand son outre qui était rempli d'eau qu'il avait puisé dans une marre. Quand il fut placé sur une monticule, il harangua le peuple charmé de l'entendre. Vous avez cru que votre évantail était perdu; je vais, Madame, vous la remettre. Pallas armée de son brillant égide, semblait animer de ses regards ce peuple de guerriers. L'espace que nous avons parcourus m'a semblé assez grande pour contenir les troupes que l'on a envoyé chercher. Quand vous avez appris quelque chose d'agréable, jamais vous ne la communiquez. L'outrage que vous avez faite à ma fille était cruelle, cependant elle l'a dévorée en silence. Ces hymnes qu'on avait fait pendant la révolution, avaient pris la place des hymnes admirables que Santeuil a produit. Quelle délice pour moi de vivre loin du fracat des cités tumultueuses! La mollesse repose au fond d'un alcove obscur, autour de la quelle voltigent les songes, enfans de la nuit. Ces nouvelles dialectes se répandirent en Europe ou ils furent adoptés, aussitôt qu'on les eût connu. Il faut que vous ayez l'ouie bien dur, puisque vous n'avez pas entendu les méchans propos qu'on a tenu sur votre compte. Il a fait cette nuit des éclairs affreuses qui se sont prolongé jusqu'à huit heures du matin. Entrons dans cet auberge qui jouit d'une meilleure réputation que celui que vous avez choisi. Nous louâmes une remise fort élégante pour aller au bois de Boulogne où l'on nous avait attendu la veille. J'ignore pour quelle raison ces immondices dégoutans n'ont pas encore été enlevés et transportés dans l'égoût qui doit les recevoir. Dans un court période de vingt années, la France, l'Italie et l'Espagne ont fait une terrible expérience de cette grande vérité. S'il n'avait pas eu d'autre engagement, l'offre de ma main l'aurait-il autant effrayé? Il met en pièce l'idole, et le trouve rempli d'or.

Dans quelle profonde abime ne serions-nous pas plongé, si un pareil malheur nous arrivait! Je vous pardonne l'insulte que vous m'avez fait, persuadé qu'il est involontaire. Cléopâtre périt de la morsure d'un aspic qui lui fut apporté, lorsqu'elle voulut se donner le trépas. L'ere vulgaire a remplacé l'ere républicain que nous avions introduit en France. Nous admirames dans cette église la superbe orgue qu'on y avait placé. Tous les exemplaires qui ne sont pas revêtus de ma paraphe doivent être regardés comme contrefaits. Voici une belle if, mais il aurait fallu la tailler au commencement de l'hyver. L'énigme qui fut proposé par le sphinx n'était pas aisé à deviner. Cet avant-scène était déjà construit, lorsqu'on décida qu'il n'y en aurait point. Vous serez, ma niece, l'éternelle opprobre de ceux qui vous ont donnés le jour. Cet astronome nous avait annoncés un éclipse total, il ne fut que partielle. Ces demoiselles étant d'une âge mûr, doivent savoir ce qu'il leurs importe de faire pour réussir. Cet abbaye que vous avez vu, a été détruit par des scélérats qui ne vivaient que de rapine. Les pleurs qu'il a versé aujourd'hui n'ont pû me faire oublier celles qu'il a répandu dans une autre occasion. L'éloge que vous avez faite de sa personne, a été entendu avec plaisir. De quelque côté qu'il tourne ses pas, partout il existait une terre aride et desséchée, un atmosphère brûlant et un horison immense. La couleur blanche paraît avoir été de tout temps l'emblême touchante de la candeur et de l'ingénuité. L'automne dernière a donné naissance à une multitude de maladies que l'hyver a chassé. Cette encologe est fort belle, où l'a t'on imprimé ? Vous conviendrez que votre ouvrage est surchargée d'accessoires tout-à-fait insignifiantes et absolument détachés de l'action principalle. Je n'ai jamais vu d'aussi beaux orgues que ceux-ci. Quels gens que ces avares.

qui passent leur vie à compter les écus qu'ils ont entassé dans leur coffre-fort ! Il nous faut placer cette astérisque au bas de la page, afin que le lecteur la voie où elle doit être. J'ai dû briser les entraves que vous avez mis à mes opérations. Une ivoire poli couvrait, dit on, le dôme du palais du soleil. Les personnes qui affectent paraître gens de bien, pourront en imposer à la multitude ; mais ils ne pourront jamais inspirer à qui que ce soit l'amour de la vertu. On trouve dans ce pays de fort bonnes anchois qu'on ne rencontre pas ailleurs. Les vieilles gens sont presque toujours ennuyeuses, cependant il est des vieillards bien aimables. Cette seule parole lâchée au hazard donna lieu à une esclandre bien fâcheuse pour lui. L'autruche a toujours été regardé comme le simbole des mauvaises mères, à cause de l'insouciance qu'il témoigne à l'égard de ses oeufs. Comment les pétales charmantes qui font la beauté de la rose, peuvent-elles faire regarder cette fleur comme un monstre ? Cette uniforme, qui est très-élégante, vaut mieux que celle qu'on vous a proposé. J'ai éprouvé un cruel onglée en revenant de la campagne. On ne doit pas se permettre un équivoque qui puisse allarmer la pudeur. Quoiqu'ils soyent issus du même père, il existe entre leurs caractères un disparate étonnant qui fait craindre qu'ils ne puissent jamais se supporter. Voyez combien cet écureuil est jolie, avec quelle agilité elle coure de branche en branche. Combien est grand le pouvoir de l'éloquence, puisqu'un Orateur habile parvient quelquefois à gagner une auditoire, prévenue et pour ainsi dire conjurée contre lui ! En proie à des douleurs pognantes, couvert d'ulcères contagieuses, il est mort en horreur à lui-même et à tous ceux qui le servaient. Ils paraissent n'avoir jamais connu les douceurs de l'amitié, ceux qui l'ont défini une échange mutuelle de services. Quel plaisir pour cette femme, que de songer qu'elle allait seule, semblable au salamandre, rester de glace au milieu de l'incendie!

Quel mérite trouvez-vous à cet ouvrage? On n'y rencontre, selon moi, que des idées fausses et des antitéses outrés qui ne peuvent séduire que des personnes d'un goût peu sur. Il y a des oeufs dont le glaire manque d'une enveloppe calcaire, et n'est recouvert que d'une membrane assez forte qui entourre immédiatement ce liquide. La victime fut amenés au pied d'une autel parée de fleurs, et y fut égorgée par la main du grand-prêtre. Cet optique me paraît fort bon, et sans doute il serait tel aux yeux de tous les connaisseurs. Ils s'avancent à la faveur de l'obscurité; les sentinelles endormis sont massacré les premiers, et bientôt ils sont maîtres du camp ennemi. Les femmes, en général, paraissent avoir les fibres plus délicats et plus déliés que les hommes. L'avare éprouve un perpétuel insomnie, parce qu'il craint toujours qu'on ne lui enlève ses richesses. Le buit est préférable, sous beaucoup de rapports, à l'ébène même le plus artistement travaillé. L'étable que vous avez choisi ne me paraît pas sain; il faudrait en louer une autre. Cette emplatre n'est pas assez grande pour couvrir la plaie, il faudrait en faire une autre sur le champ. J'ai les organes assez fortes, me disait une Dame, pour ne pas redouter la violence des odeurs. Donnez-moi une échantillon de cette nouvelle étoffe, je la montrerai à plusieurs demoiselles de ma connaissance. Quand Virgile a dit que le cheval des Grecs était grand comme une montagne, il s'est servi d'un hiperbole assez commun chez les poëtes. On devrait combler cette abreuvoire qui est rempli d'immondices, et qui exhale un odeur méphitique. Cette hémistiche est fort dure, et n'ajoute rien, se me semble, à l'idée de l'auteur. Les arteres partagés en milles ramifications distribuent une grande partie du sang au corps. L'intervalle que vous avez mise entre vos deux lettres, m'a fait craindre, Madame, que vous ne fussiez tombé malade. On remarque dans ce tableau un grand nombre d'automattes qui semblent doné du mouvement et de la vie. L'épitaphe qui fut trouvé à sa mort et placé sur sa tombe, était si mauvais, qu'on a reconnut aisément qu'il en était l'auteur. Tout le monde admirait la majestueuse obélisque qu'on avait élevé sur l'ancienne place du Caire. L'esquisse que vous avez fait, prouve que vous n'avez pas entièrement perdu votre temps. Autrefois les esclaves avaient l'espoir de se racheter avec la pécule qu'ils avaient amassés, à la sueur de leurs fronts; il n'en est plus de même aujourd'hui. L'écrin que votre mère nous a donnée, est garnie de nacre cizelé avec beaucoup de gout. Son industrie aurait pu, en cette occasion, le tirer d'affaire; mais il était dépourvu des ustenciles mêmes les plus communes, de celles que chacun a ordinairement sous la main. Il serait à propos de faire un nouvel enquête pour découvrir les auteurs du délit qu'on a dénoncé au Magistrat de sureté. Cet hermite se plaît à entretenir ses douces rêveries, assis à l'ombre des charmans aubépines qu'il a taillé de ses propres mains. Le propos que vous tenez là est l'effet d'une sotte et ridicule orgueil que vous n'avez pas réprimé, lorsqu'il était temps de le faire. L'inceste commise par l'infortuné roi de Thèbes attira la colère des Dieux non seulement sur lui, mais encore sur sa patrie. La Fontaine a prouvé par une apologue agréablement écrite qu'il ne faut pas se lier avec un plus puissant que soi. Les vivres sont bien moins chères à la campagne qu'à Paris ou dans tout autre grande ville. Quand l'inventaire fut faite, nous procédames au partage des biens de la succession qui nous était échu. L'entresol est beaucoup trop basse, je ne peux y placer les grands meubles que j'ai acheté. L'office paraît toujours trop longue aux personnes qui ne sont pas rempli de l'amour divin. Quand je suis enrumé, j'ai coutume de prendre du réglise avec une légère infusion de bourache. On lit, dans plusieurs vieux recueils, de jolies épithalames composés par des poëtes du seizième siècle.

L'affaire dont vous m'avez parlé a eu, je pense, un heureuse issue, grace à l'habileté des personnes qui l'ont conduit. Il y a des gens qui avalent les moules, dès qu'ils sont sortis de l'eau. Nous nous sommes beaucoup ennuyé au bal de la semaine dernière; l'orchestre mal dirigée n'y a produit qu'un ridicule effet: c'est assez vous dire qu'elle était mauvaise. Il faudrait bien que ces décombres fussent transportées hors de la ville, car elles obstruent la voix publique. Vous serez tout mon aide dans le malheur affreux où m'ont plongé les personnes que j'ai secouru. Il n'est pas étonnant que cet horloge ne sonne point, on ne l'a pas monté depuis huit jours. L'épée que vous avez pris ne vous appartient pas, aussi est-on venu le réclamer aujourd'hui. Cette table vous semble encore trop courte, il est nécessaire d'y adapter de nouvelles allonges. Il faut ensevelir dans une éternelle oublie les haines de partie que nous avons fomenté jusqu'à ce jour contre nos propres interets. Vous avez failli casser cette pedale en la heurtant avec votre pied. Je sais que la promenade est pour vous un délice; pour moi, je l'avoue, je fait consister tous mes délices dans l'étude des sciences. Si cette hypothèse était une fois admis, il donnerait lieu a d'étranges conséquences. Le voyage ne fut pas des plus heureux, car votre voiture versa en s'enfonçant dans de profonds ornieres. Vous m'avez envoyé deux belles perdrix, je desirerais maintenant un couple de chapons. L'aigle impérial s'étant déployé aux yeux de l'ennemi, chacun chercha son salut dans la fuite. Paque sera bientot venu; le temps s'ecoule avec rapidité, et nous touchons à Paque fleurie. Le virus de la rage se communique si facilement, qu'il suffit que l'epiderme soit enlevée, et que la moindre particule du venin se mele au sang, pour qu'on soit atteint de cette terrible maladie. J'irai certainement vous voir un de ces après midi, mes occupations ne m'ayant pas permis de le faire jusqu'à ce jour. L'élixire que vous m'avez envoyée, paraît avoir moins de vertu que vous ne me l'aviez annoncé. Il y a, j'en conviens, dans cette eglise, un orgue magnifique et sonore, mais les orgues de notre paroisse sont infiniment plus beaux. On disait la seconde evangile, quand vous etes entrés. Cet enseigne a été placé beaucoup trop bas, il faut l'elever deux pieds plus haute. Votre mere à reçu une affront sanglante dont elle se souviendra toute sa vie. On rencontre dans beaucoup de livres cette vieille adage qui renferme un grand sens. Une erysipelle s'etait deja manifestée a la surface de la peau; il ne restait donc plus que ce parti a prendre. Ce fut la, dit-on, qu'il conçut le plan de son poëme, et qu'il en executa une partie; mais ce n'était tout au plus qu'un ebauche imparfait de celui qu'il a publié dans la suite. Comment aurais-je pu gagner? les seules as qu'il avait gardé jusqu'à la fin du jeu, derangeaient totalement mes projets. Pourquoi employer de vaines artifiçes, quand la vérité seule doit triompher en ce jour? L'anniversaire de sa naissance fut celebrée avec toutes les démonstrations de la joie la plus vive. L'epigraphe que vous avez mis a la tete de votre ouvrage, est tiré de la nouvelle Heloise. Il était trois heures du matin, quand une incendie terrible s'est communiquée a l'hotel de la préfecture qu'elle a consumée en partie. Le peuple eut voulu absoudre se Général, mais les juges le condamnerent a une exil perpetuelle. L'opium, douée de propriétés si bienfaisantes, employé a plus forte dose, devient un poison tres energique. A la suite de cette brulure, il s'eleva un ampoule très-douloureux qui donna lieu a de vives inquiétudes. Pendant l'entr'acte qui fut fort longue, il s'eleva une rumeur qu'on eût de la peine à etouffer. Les fruits et les legumes que je recolte a ma campagne, sont d'une meilleure acabit que les votres. Au bruit de cette nouvelle, j'ai ressenti un angoisse terrible que le temps et la reflexion ont accru. Les ennemis furent pris dans un embuscade qu'ils n'avaient pas prévu. On fit sur son nom un méchant anagramme qui donna lieu pourtant à une singularité remarquable. Cet arc de triomphe ne peut rester devant la porte de la ville, il faut la transporter plus loin.

TROISIÈME PARTIE.

PONCTUATION (1).

LA VENTE FRAUDULEUSE.

Dans ce beau livre où Cicéron
Trace les règles de la vie
Il cite une supercherie
Qui peut nous servir de leçon

Un chevalier romain Canius est son nom
Homme instruit jovial de bonne compagnie
D'Archimède voulut visiter la patrie
Sa seule affaire était d'y trouver du plaisir
Las de Rome bientôt Syracuse l'ennuie
Changeant d'objet sans cesse il montre le désir
D'acheter un jardin où sans cérémonie
Loin des fâcheux au sein d'une troupe choisie
Se croyant ignoré de l'univers entier
Il puisse en liberté mener joyeuse vie
Son projet se répand Pythius gros banquier

(1) On rétablira ici tous les signes grammaticaux qui manquent, et sans lesquels on ne peut comprendre ce qu'on lit, sur-tout si on lit des poètes. Puisse la difficulté qu'éprouveront les jeunes gens à lire comme il faut ces vers non ponctués, puisse-t-elle leur faire sentir la nécessité de ne jamais négliger l'emploi des signes de la ponctuation !

Se présente et lui dit j'ai trouvé votre affaire
Et ma maison des champs pourra je crois vous plaire
Pour en faire l'essai venez y dès ce soir
Vous en pourrez jouir comme de votre avoir
Bien que ce ne soit pas mon dessein de la vendre
Le jour pris il prévient des pêcheurs de s'y rendre
Distribue à chacun les postes les emplois
Les ordres d'un Crésus sont comme autant de lois
Notre homme au rendez-vous ne se fait pas attendre
Tout était prêt d'avance un splendide festin
Les mets les plus friands grande chère et bon vin
Au sortir de la table on descend au rivage
Des barques des filets couvraient toute la plage
Des poissons monstrueux comme autant de tributs
Venaient se déposer aux pieds de Pythius
Le chevalier Romain tout hors de lui s'écrie
Quel spectacle charmant dites moi je vous prie
Quel est donc ce concours de barques de pêcheurs
—N'en soyez pas surpris dit le banquier habile
Ce lieu ci de poissons fournit toute la ville
C'en est le réservoir on ne prend rien ailleurs
Les gens que vous voyez sont dans ma dépendance
Canius cachant mal sa vive impatience
Votre maison m'enchante ô mon cher Pythius
Je serai trop heureux si vous voulez la vendre
Celui ci fait d'abord semblant de s'en défendre
L'autre le presse il cede après de longs refus
Vous jugez sur le prix qu'on ne disputa guère
Le marché se conclut on termine l'affaire
L'acquéreur à son tour invite au lendemain
Ses amis à venir admirer son jardin
Il s'y rend des premiers court d'abord à la rive

Fort étonné de voir que personne n'arrive
Enfin il apperçoit un villageois voisin
Dites moi mon ami chomme-t-on quelque fête
Point de pêcheurs ici qu'est-ce qui les arrête
—Ma foi je n'en sais rien mais il n'en vient jamais
Répond le villageois en secouant la tête
Hier j'étais surpris de ce que je voyais
Canius d'enrager de se mettre en colère
Mais il fallut souffrir car que pouvait-il faire
On n'avait point encor par une sage loi
Mis un frein salutaire à la mauvaise foi.

KÉRIVALANT.

L'ENFANT BIEN CORRIGÉ.

Le pauvre Nicolas tout courbé sous le poids
D'un énorme fagot s'en revenait du bois
Un soir beaucoup plus tard que selon sa coutume
En marchant il disait d'un ton plein d'amertume
La pauvre Marguerite est bien triste à présent
Elle s'inquiète elle pleure
Hélas chaque moment
Lui paraît long long comme une heure
Antoine est triste aussi c'est un si bon enfant
C'est tout le portrait de sa mère
Si les Dieux nous aident j'espère
Qu'il sera juste et bienfaisant
Cet espoir est bien doux mais voici que j'approche
Ils seront consolés quand ils me reverront
Comme ils seront joyeux comme ils m'embrasseront
Mais s'ils me font quelque reproche

Je leur dirai pourquoi j'ai tardé si long-temps
Au lieu de m'en vouloir ils seront bien contents
Tout en raisonnant de la sorte
Nicolas arrive à sa porte
Il entre il voit sa femme assise près du lit
Sur la traverse de la chaise
Sa tête est renversée elle pleure et gémit
Son fils est à genoux il tient il presse il baise
Sa main qu'elle paraît vouloir lui retirer
Cessez dit Nicolas cessez de soupirer
Me voilà bien portant... est-ce ainsi qu'on m'embrasse
Vous ne me dites rien mon fils tu ne viens pas
Te jeter dans mes bras
Une caresse me délasse
Tu le sais bien viens donc ils veulent me punir
Ne boudez plus tenez mettez-vous à ma place
Voyez si je devais plutôt m'en revenir
J'avais fait mon fagot je sortais du bocage
Il n'était pas absolument bien tard
Quand j'y vois arriver un malheureux vieillard
Il est je crois de ce village
Que par notre fenêtre on apperçoit là bas
Il se traînait à peine A voir votre démarche
Lui dis-je patriarche
Vous semblez déjà las
Il me répondit par un *hélas*
Qui me fait grand' pitié vîte je prends ma hache
Je lui coupe un fagot je ne le fait pas gros
Il ne l'eût pas porté de deux harts je l'attache
Et le mets sur son dos
Il me remercie et me quitte
Je veux doubler le pas pour arriver plus vîte

La neige tient à mes sabots
Et m'empêche... quoi donc ma chère Marguerite
Encore des soupirs encore des sanglots
Tu ne pardonnes point tu ne m'aimes donc guère
Je ne l'aurais pas cru Marguerite à ces mots
Le prenant par la main lui dit malheureux père
Pourrais-tu desirer d'être aimé de la mère
Du fils le plus méchant
— Antoine méchant lui non non son caractère
Est bon je le connais il est encore enfant
Il aime à folâtrer c'est le droit de son âge
Mais laisse faire en grandissant
Il sera bon et sage.
— Dis plutôt cruel — Non je le promets pour lui
Antoine tu devrais le promettre toi-même
Et tâcher d'apaiser une mère qui t'aime
Mais approche dis-moi qu'as-tu fait aujourd'hui
Pour la fâcher réponds puisque je le demande
Vous vous cachez mon fils la faute est donc bien grande
— Très-grande cher époux mais il en est honteux
C'est bon signe — Dis-moi ce que c'est — Tu le veux
Tu seras fâché de l'entendre
Mais enfin tu le veux tu le sauras Ce soir
Comme il m'ennuyait de t'attendre
J'ouvrais de temps en temps la porte et j'allais voir
Si tu venais une fauvette
Entre avec moi dans la maison
Puis se blottit sur la couchette
Elle grelottait la saison
Est pour cela bien assez dure
Je la réchauffais dans mon sein
De mon haleine et sous ma main

Lorsque je vois entrer la fille de Couture
La petite Babet la pauvre créature
En tombant sur des échalas
Dans sa vigne ici près s'est déchiré le bras
Elle pleurait et sa blessure
Saignait beaucoup ce n'est pas moi
Qu'elle demandait c'était toi
Voyant que tu tardais et qu'elle était pressée
Comme j'ai pu je l'ai pansée
Pour la panser j'ai pris
Le baume du pot gris
Est-ce bien celui-là me serais-je trompé
—C'est bon après—Tandis que j'étais occupée
A tout cela ton fils à qui j'avais donné
La fauvette à tenir dans un coin s'est tourné
Et puis...—Achève donc—Et puis il l'a plumée
—Quoi plumée—Oui partout le corps
Hors les aîles pourtant la porte était fermée
Il a bien su l'ouvrir pour la mettre dehors
Elle a volé la malheureuse
Elle volait en gémissant
J'entendais sa voix douloureuse
Qui me saignait le cœur... nous aurons un méchant
Juge ce qu'il fera s'il devient jamais grand
Voilà mon bon ami ce qui me désespère
Aurais-tu fait cela quand tu n'étais qu'enfant
Moi qui disais à tout instant
Mon cher Antoine aura la bonté de son père
Aussi je l'aimais trop que Dieu m'en punit bien
—Va va console toi ma chère
Sèche tes pleurs et ne crains rien
Il est là haut une justice

Aux bons parents toujours propice
S'il doit être méchant les Dieux nous l'ôteront
Non jamais ils ne permettront.....
—Approche toi mon fils viens viens que je t'embrasse
Que je t'embrasse pour la dernière fois
Tu fais bien de pleurer je pleure aussi tu vois
Mets la main sur mon cœur tiens c'était là ta place
Car je t'aimais Antoine et c'était mon bonheur
Je ne t'aimerai plus.... Oh si fait j'ai beau dire
Je t'aimerai toujours ce sera ma douleur
Ciel j'aimerai donc un... j'ai peur de te maudire
Il faut les ramasser les plumes de l'oiseau
Et les pendre à ce soliveau
Ramasse-les ma femme
Quand nous l'aimerons trop nous les regarderons
En les regardant nous dirons
Il ne faut point aimer une aussi méchante ame
Ce pauvre oiseau mon fils reste sur mes genoux
Ce pauvre oiseau crois-tu que la seule froidure
L'ait amené chez nous
Non c'est l'auteur de la nature
Qui le mettait entre nos mains
C'était nous ordonner de lui sauver la vie
Il prend soin des oiseaux tout comme des humains
Et vous l'avez plumé s'il me prenait envie
De vous envoyer nu passer la nuit au froid
Vous m'en avez donné le droit
Vous n'auriez pas à vous en plaindre
Mais je serais méchant je vous ressemblerais
Et plus que vous j'en souffrirais
Ne tremble plus mon fils va tu n'a rien à craindre
Car je sens que je t'aime et t'aimerai toujours

J'espérais que dans la vieillesse
De ta mère et de moi tu serais le secours
Et tu vas abréger nos jours
Par les chagrins et la tristesse —
— Ah Maman ah Papa baisez moi de bon cœur
Non vous ne mourrez pas de chagrin de douleur
Tout le bien que je pourrai faire
Je vous promets je le ferai
Je serai bon enfant je vous ressemblerai
Aisément un père une mère
Se laissent attendrir Antoine eut son pardon
Il tint sa promesse il fut bon
Il fut si vertueux si sage
Qu'on le montrait dans le canton
A tous les enfants de son âge
Un jour qu'il regardait tristement au plancher
Sa mère qui le vit alla prendre une échelle
— Monte mon fils monte dit-elle
Et va promptement détacher
Les plumes de l'oiseau c'est là ce qui t'afflige
Jète les au feu ne crains rien
Ton père le veut bien
Tu le veux n'est-ce pas — Oui — Jète les te dis-je
Et qu'il n'en reste aucun vestige
— Non Maman je les garderai
A mes enfants si Dieu m'en donne
En pleurant je les montrerai
En même temps je leur dirai
Un jour je fus méchant et Maman fut trop bonne.

LE MONNIER.

LE PAON ET LE ROSSIGNOL.

Un Paon vantait son beau plumage
Un Rossignol son joli chant
Se louer ainsi n'est pas sage
Mais que de gens en font autant
Le Paon dans son orgueil extrême
Méprisait tout hors la beauté
Le Rossignol de son côté
Mettait le chant au rang suprême
La nuit survint fort à propos
Pour terminer cette querelle
Le plus éclatant des oiseaux
Se perdit dans l'ombre avec elle
Et les accents de Philomèle (1)
Acquirent des charmes nouveaux

Tel est l'avantage ordinaire
Qu'ont sur la beauté les talents
Ceux-ci plaisent dans tous les temps
Et l'autre n'a qu'un temps pour plaire.

VITALLIS.

(1) Le Rossignol est appelé *Philomèle* par les poètes.

LE BON PÈRE.

D'AUTRES loueront en vers plus magnifiques
De fiers vainqueurs d'illustres conquérants
Comme on ne voit chez la plûpart des grands
Que faux honneurs que vertus fantastiques
Pour mon héros c'est Jacques que je prends

De ses voisins connu pour honnête-homme
Jacques était un pauvre charpentier
Vivant content de son premier métier
Mais l'ouvrier tant soit-il économe
Manque de tout quand par malheur il chomme
Il ne peut guère avec son faible gain
Garder le jour la part du lendemain
Un mois entier Jacques n'eut rien à faire
Jacques pourtant était époux et père
De quatre enfants qui demandaient du pain
Quand il se vit sans un sou dans sa boursé
Il vendit tout malheureuse ressource
Qui le soutint à peine quelques jours
Puis le voilà sans espoir sans recours
Voyant périr faute de subsistance
Sa tendre épouse et ses jeunes enfants
Il sort il court et pour Dieu des passants
En bégayant implore l'assistance
Il est partout éconduit rebuté
Ou si quelqu'un l'accueille avec bonté
C'est l'indigent l'orphelin ou la veuve
Que le malheur met à la même épreuve

Un ouvrier du même état que lui
Le rencontrant le voit triste et farouche
Qu'as-tu — Je suis sans travail sans appui
Ma femme meurt — Ah ta peine me touche
Si je pouvais tu serais soulagé
Prends ces deux sous c'est tout l'argent que j'ai
En attendant une plus grosse somme
Si tu croyais pouvoir t'y résigner
Tu recevrais trente sous d'un jeune homme
Qui cherche un bras pour apprendre à saigner
— M'y résigner.... Ah j'y cours avec joie
Dit le pauvre homme un peu moins consterné
Au jeune artiste il est bientôt en proie
Reçoit le prix du sang qu'il a donné
De l'autre bras se fait saigner encore
Court acheter un pain bis que dévore
En un moment sa famille aux abois
Mais on n'entend qu'avec peine sa voix
Son bras est teint... — Ciel qu'est-ce que je vois
Ah mon mari... mon père.... chacun tremble
Épouse enfants demandent tous ensemble
Qu'avez-vous fait — N'ayant rien à gagner
Pour de l'argent je me suis fait saigner
Que n'ai-je hélas plus de sang à répandre
Vous me verriez le verser sans attendre
Que le besoin revienne de nouveau
Précipiter vos pas vers le tombeau

Ciel quel tableau pour les ames honnêtes
Grands vous donnez des festins et des fêtes

Quand sous son toit l'honnête infortuné
Manque de tout et meurt abandonné.

BOUILLIAT.

LE BON VOISIN.

On ne pense qu'à soi c'est le mot du vulgaire
L'égoïste est partout moi je dis au contraire
On trouve en tout pays des hommes vertueux
qui s'occupent toujours du sort du malheureux

Dans un petit village en basse Picardie
Le feu prend et bientôt cause un grand incendie
L'alarme se répand chacun crie au secours
Simon vole au danger sans craindre pour ses jours
En vain redouble-t-il d'efforts et de courage
Le feu loin de céder s'anime davantage
Tout brûle tout s'écroule et le village entier
Ne présente déjà qu'un immense foyer
Tel le ciel en courroux tonne et lance la foudre
Confond les éléments et réduit tout en poudre
Enfin va s'embrâser la dernière maison
Chacun veut la sauver c'est celle de Simon
Il aide ses voisins dans ce péril extrême
Et leur donne ses soins sans songer à lui-même
On court le prévenir de ce prochain malheur
Il paraît à l'instant et saisi de frayeur
Amis oubliez moi c'est dans cette chaumière
Qu'il nous faut pénétrer et sauver notre frère
Infirme et sans secours sans amis sans parents

Il doit compter sur nous ah s'il est encore temps
Que tout ce que j'ai brûlé et soudain il s'élance
En vain partout la mort le suit et le devance
Rien ne peut arrêter ses efforts vigoureux
A grands pas il arrive au lit du malheureux
Il le tient dans ses bras toujours infatigable
Il charge sur son dos ce fardeau respectable
Traverse de nouveau ce brasier effrayant
Sort enfin de ce gouffre et revient triomphant
Mais où trouvera-t-il sa juste récompense
Le malheur suit de près ce trait de bienfaisance
Du généreux Simon le toit brûle à son tour
Point de regret dit-il pour moi c'est un beau jour
Puisqu'à ce bon vieillard j'ai pu sauver la vie
Ma fortune il est vrai vient de m'être ravie
Qu'importe un plus grand bien à mon cœur est resté
Celui d'avoir ici servi l'humanité

Mais vous souffrez Lecteur Simon dans l'indigence
Non le Ciel eut bientôt réparé ses malheurs
Sur lui sur ses enfants il versa l'abondance
Et gravant sa mémoire au fond de tous les cœurs
Prouva que la vertu n'est pas sans récompense.

MAQUERET.

L'ABRICOTIER ET LE POMMIER.

Un beau jour du dernier printemps
Certain Abricotier tout fier de sa parure
Dit au Pommier quelle triste figure
Tu fais ici depuis long-temps
Ne vois-tu pas mes rameaux blancs
Qu'attends-tu pour montrer tes fleurs et ta verdure
— Ami dit le Pommier est bien fou qui te suit
De tes hâtives fleurs quel sera le produit
Rien du tout car l'expérience
Vingt fois déjà te l'a prouvé
Et de ta folle diligence
Tu sais ce qu'il est arrivé (1)
Le Pommier achevait à peine
Que les Aquilons destructeurs
Moissonnèrent de leur haléine
Tous les boutons toutes les fleurs

Des lueurs de l'esprit je vois ici l'image
Fleurs précoces dans les enfants
Ne me sont pas d'heureux présage
C'est au fruit que je les attends.

VITALLIS.

(1) Il aurait fallu : Tu sais ce *qui* est arrivé.

L'ENFANT ET LE LÉOPARD EN PEINTURE.

Certain enfant d'un caractère aimable
Je le connais mais qu'importe au lecteur
Vit un Léopard effroyable,
Non pas en vie il serait mort de peur
Mais seulement dans un livre en peinture
Représenté d'après nature,
Par un célèbre voyageur
L'enfant d'abord frémit à cette vue
Puis de sa main fermée il frappe l'animal
Je te tiens aujourd'hui toi qui fais tant de mal
Dit-il bète férocé il faut que je te tué

C'est ainsi que de loin nous bravons des objets,
Qui glacent de frayeur quand on les voit de près.

Barbe.

LE GOUVERNAIL ET LES RAMES.

L'OISIVETÉ dit-on de tout vice est la mère
D'accord mais ne confondons pas
Le travail de la tête avec celui des bras
Siége de la pensée il faut que la première
N'agisse que dans le repos
Et souvent on la croit oisive
Lorsque sa prévoyance active
Nous garantit des plus grands maux

Les Rames d'une galère
Insultaient le Gouvernail
Elles disaient en colère
Nous faisons tout le travail
Et quel en est le salaire
Monsieur nous regarde faire
Gouvernail paresseux inutile instrument
Réponds du moins voyez s'il bouge seulement
Comme elles tenaient ce langage
Tout à coup s'élève un orage
Et vogue la galère Un vent impétueux
La livre à la merci des flots tumultueux
Voilà nos Rames fort en peine
On les voit tour à tour s'élevant s'abaissant
Pour fendre la liquide plaine
Le danger va toujours croissant
En vains efforts elles s'épuisent
Enfin contre un écueil voilà qu'elles se brisent
Le Gouvernail alors agissant à propos

Maîtrise la vague indocile
Et par une manœuvre habile
Sauve le batiment de l'abyme des flots

Je compare à cette galère
Le vaisseau de l'Etat qu'un seul doit commander
Obéir au pilote et le bien seconder
C'est ce qu'on a de mieux à faire.

M. B.

L'ABEILLE ET L'ÉCOLIER.

Des fleurs nouvellement écloses
Pour composer un nectar précieux
Une Abeille cueillait un suc délicieux
Elle errait sur le thym l'amarante les roses
Le serpolet le myrthe ami des Dieux
Un jeune adolescent qui parcourait ces lieux
Immobile craignant de lui porter obstacle
Jetait sur son travail un regard curieux
Il s'avance surpris mais quel nouveau spectacle
Vient encore étonner son esprit et ses yeux
Dans une niche transparente
Il voit une grande cité
Cité nombreuse où de chaque habitante
Il admire l'activité
L'ardeur la force et la dextérité
La troupe toujours agissante
Ignore l'art d'user d'un secours emprunté
Elle travaille et se tourmente
Pour les divers besoins de la société

Chacune a sa tache elle augmente
Selon l'age le temps et la nécessité
L'une forme la ciré et l'antre la cimente
Pour bâtir des maisons à la communanté
Dans unré servoir apprêté
L'autre met en dépôt cette liqueur charmante
Dont on nourrit un jeune enfant gâté
Un roi disons mieux une reine
Leur dicte un ordre, respecté
Elle parle et l'on suit avec docilité
Les décrets de la souveraine
L'Écolier était enchanté
Dieu disait-il quelle merveille
Filles du Ciel quelle est votre sagacité
Que j'aime à voir dans mon oisiveté
Cette sagesse sans pareille
Ce bel ordre cet art cette vivacité
Et cette ardeur qui me réveille
Il louait tout lorsqu'une jeune abeille
Après l'avoir bien écouté
D'une voix bourdonnante et sans obscurité
Lui siffla ces mots à l'oreille
Dans cet ouvrage si vanté
Adore et reconnais plutôt la Providence
Son doigt nous a tracé le plan et l'ordonnance
Des cases que nous bâtissons
Elle a marqué les fleurs et nous les choisissons
Soumises à sa voix à ses décrets suprêmes
Notre merite est de suivre sa loi
Si nous formons le miel ce n'est pas pour nous mêmes
C'est pour les hommes c'est pour toi
Ainsi jeune mortel qui que tu puisses être

Remplis comme nous ton emploi
Et sache qu'ici-bas le Ciel ne t'a fait naître
Que pour servir les Dieux la Patrie et ton Roi.

MARIN.

LA MARMOTTE ET LA TAUPE.

De dormir six mois de l'année
Ne vous corrigerez-vous point
Commère si j'étais paresseuse à ce point
J'aimerais mieux n'être pas née
Quelle honte quel abandon
Est-ce en dormant ainsi qu'on veille à sa maison
Disait à la Marmotte une Taupe étonnée
De se trouver tant de raison
Et dont l'orgueil perçait à travers le haut ton
La Marmotte reprit je suis ma destinée
Chacun son lot le vôtre est en toute saison
Bien fâcheux au rapport des mulots vos confrères
Ils disent de vos yeux qu'ils sont faits de façon
Que l'an entier à vos affaires
Ou vous ne voyez point ou vous ne voyez guères
Cette infirmité là vaut bien mon sommeil
Je ne sais s'il est quelqu'affaire
Qui tienne quatre jours contre un vice pareil
Quant à moi sitôt mon réveil
Je vaque aux miennes ma commère
Et durant si mois pleins rien ne vient m'en distraire
La Marmotte n'achevait pas
Que dans un piége à quelques pas

La Taupe qui l'avait si rudement tancée
Alla faute d'y voir donner tête baissée
Et subit sans mot dire un douloureux trépas.

Cette fable apprend à l'enfance
A ne pas reprocher aux gens
Des défauts naturels des vices de naissance
Sur-tout lorsque soi-même on en a de plus grands.

AUBERT.

LES DEUX ENFANTS.

Un jour Perrinet et Colin
Deux enfants de même âge entrés dans un jardin
S'égayaient à la promenade
Et sous des marroniers faisaient mainte gambade
Ils trouvèrent sur le gazon
Un fruit plein de piquants fait comme un hérisson
Colin le ramassa son petit camarade
Le crut un sot Tu tiens dit-il un mets
Des plus friands pour les baudets
C'est un chardon et ton goût est étrange
Pour moi je vois des pommes d'or
Voilà mon fait et la main me démange
Perrinet à l'instant se saisit d'une orange
Et croit posséder un trésor
La couleur du métal que l'univers adore
Séduit jusqu'aux enfants Celui-ci bien joyeux
Admire un si beau fruit et s'imagine encore
Qu'il est d'un goût délicieux
Il y fut attrapé notre petit compère

Car cette orange était amère
Aussitôt qu'il en eut goûté
Il la jeta bien loin Colin de son côté
S'était piqué les doigts mais sa persévérance
Surmontant la difficulté
Trouve un marron pour récompense

Ce marron hérissé figure la science
Qui sous des dehors épineux
Cache d'excellents fruits tandis que l'ignorance
Sous une riante apparence
Produit des fruits amers et souvent dangereux.

RICHER.

LA MODESTIE.

LORSQUE Jupiter prit le soin
D'assigner aux vertus leur rang auprès de l'homme
Celle qui méritait la pomme
La Modestie était demeurée en un coin
Elle fut oubliée on ne la voyait point
O vous que la grâce accompagne
Lui dit le Dieu les rangs sont déjà pris
Mais des autres vertus vous serez la compagne
Vous en rehausserez le prix.

G.

LE ROI, LE PAYSAN ET L'ERMITE.

Un Roi tourmenté d'insomnie
On m'a dit que ce mal était le mal des Rois
Vit à la chasse un Villageois
Etendu dans une prairie
Qui reposait si doucement
Et dormait si profondément
Que du triste Monarque il excita l'envie
Au même endroit un Ermite passait
Homme sage et qu'alors partout on respectait
Faisant peu de sermons ne prêchant que d'exemple
De toutes les vertus son cœur était le temple
Le Roi l'arrête et lui dit homme saint
De grâce enseignez-moi pourquoi ce misérable
Que le malheur poursuit que la fortune accable
Malgré les maux qu'il souffre et malgré ceux qu'il craint
Bien loin de desirer le ciseau de la Parque
Dort si paisiblement et bien mieux qu'un Monarque
Sire répond l'Ermite un pauvre Villageois
Ne condamne personne et ne fait point de lois
Jamais l'ambition ne trouble sa pensée
Des fautes qu'il commet seul coupable et puni
Ses chagrins sont l'impôt la taille la corvée
Il travaille pour vous et vous veillez pour lui
De plaisirs et de maux ce consolant partage
D'un Dieu juste et clément est l'immortel ouvrage
Vous avez tous les biens ils ont tous les travaux
Vous avez les remords ils ont le doux repos
Rois qui nous gouvernez portez mieux vos couronnes

Que les honnêtes gens soient vos seuls favoris
Et pour mieux dormir dans vos lits
Dormez un peu moins sur vos trônes
Ainsi parla l'Ermite et le Roi furieux
Le fit punir et n'en dormit pas mieux.

DE SÉGUR aîné.

LE PAPIER, L'ENCRE, LA PLUME ET LE CANIF.

CERTAIN disciple d'Uranie
D'un manuscrit dont il était l'auteur
Se promettait pour lui gloire infinie
Et grand profit pour son lecteur
L'homme en son livre allait apprendre
A corriger ses mœurs à mieux régler ses vœux
Il y donnait enfin à qui saurait l'entendre
Le beau secret de vivre heureux
Un soir que de cette chimère
Sa vanité l'entretenait tout bas
Un bruit soudain vint le distraire
Et le voilà témoin auriculaire
Du plus étrange des débats.
Les querelleurs étaient la plume
Le papier l'encre et le canif
Tous quatre du ton le plus vif
Se disputaient l'honneur de l'éloquent volume
Sans moi leur disait le papier
N'en doutez pas le plan de cette œuvre immortelle
Serait encor dans la cervelle
Du grave auteur qui va la publier

— Fort bien mon très-blême compère
Répondait l'encre avec aigreur
Dis-moi pourtant et sois sincère
Dis ce que de ta peau l'écrivain eût pu faire
Sans le beau noir de ma couleur
— Comme chacun de vous parle à son avantage
Que vous l'entendez bien ajoutait à l'instant
La plume comme on sait sujète au bavardage
J'admire votre ton sans mon bec cependant
Seriez-vous l'un et l'autre ici du moindre usage
— Oh oh le propos est plaisant
Dit enfin le Canif et la voilà bien vaine
A qui dois-tu ce bec que tu nous vantes tant
Il était clos qu'il t'en souvienne
Et le serait encor sans mon acier tranchant
Là de leur part cessa toute apostrophe
Et graces à leur vanité
Dans cette affaire ci monsieur le philosophe
Pour rien fut à-peu-près compté
Qu'on ne s'étonne point de leur folle jactance
C'est celle de beaucoup de gens
Qui bien que mis en œuvre en chose d'importance
N'en sont pas moins malgré leur suffisance
De mécaniques instruments.

MUGNEROT.

LE MÉRITE ET LE HASARD.

On m'a conté qu'au temple de la gloire
A son tour le Mérite un jour voulut entrer
Or vous pouvez déjà vous figurer
Des envieux la méchanceté noire
Ce qu'il eut de périls d'obstacles à braver
Il ne sait point ramper ainsi vous pouvez croire
Qu'il était tard lorsqu'il put arriver
Mais vous pensez au moins qu'il dut trouver
Le temple ouvert et la couronne prête
Qu'on l'accueillit qu'on lui fit fête
Vous vous trompez le temple était fermé
Le Mérite aux refus doit être accoutumé
Il ne se plaignit point on sait qu'il est modeste
Près de lui cependant un aveugle portier
De temps en temps sans se faire prier
Ouvrait à mille fous qui marchaient d'un air leste
Sans examen il les faisait entrer
Leur course était rapide et leur chute était prompte
Arrivés pleins d'orgueil ils sortaient pleins de honte
Et pas un d'eux n'y pouvait demeurer
Au Mérite à la fin le vieux portier s'adresse
L'appelle par caprice et le tirant à part
Lui dit — votre froideur me surprend et me blesse
Vous comptez sur vos droits aux yeux de la Déesse
Vous m'avez méprisé mais vous entrerez tard
Et je prétends faire un exemple

Pour prouver que la clef du temple
Ne sort pas des mains du Hasard
— Je sais quelle est ton injuste puissance.
Dit le Mérite et j'en connais l'excès
Mars te laisse son glaive et Thémis sa balance
Arbitre des revers arbitre des succès
Ici tout est soumis à ton pouvoir funeste
De ce temple à ton gré tu peux donner l'accès
Mais le Mérite y reste.

De Ségur aîné.

L'OISEAU, LE PRUNIER ET L'AMANDIER.

Un jeune Oiseau perché sur un Prunier
Vit tout-à-coup un Amandier
Le bel arbre dit-il et quel charmant feuillage
Allons goûter ces fruits je gage
Qu'ils sont mûrs et délicieux
A ces mots fendant l'air d'un vol impétueux
L'Oiseau bientôt ainsi qu'il le desire
Se trouve transporté sur l'arbre qu'il admire
Lors aux amandes s'attachant
Il veut les entamer mais inutilement
Et de son bec en vain il épuise la force
Ce fruit dit-il est dur amer et dégoûtant
Ne nous étonnons pas de son raisonnement
Il ne jugeait que sur l'écorce.

Mlle DE GENLIS.

LE PAON ET LE CHOUCAS.

Le Souverain de la gent emplumée
Venait de descendre au tombeau
Les petits et les grands et le peuple et l'armée
Réclamaient à la fois un monarque nouveau
On s'assemble on cabale ainsi qu'il est d'usage
L'un vend l'autre achète un suffrage
Tandis que l'on s'échauffe en vain
Le Paon s'avance et d'un ton fier et vain
Vous voyez leur dit-il cet éclatant plumage
Ce cou d'azur ce port noble et divin
Le trône je le crois peut être le partage
De qui sut mériter les faveurs du Destin
Tous s'en allaient au Paon décernant la couronne
Quand le Choucas l'apostrophant ainsi
Gentil oiseau dit-il parvenu sur le trône
Si l'on t'apprend qu'un farouche ennemi
Menace d'envahir l'État et ta personne
Réponds que feras-tu quel sera notre appui
Le courage sert mieux que la beauté sans lui
Jamais au rang suprême on ne devrait prétendre
Cet avis du Choucas parut très bon en soi
Et l'aigle courageux dès-lors fut élu roi
Pour régir un État pour savoir le défendre
Pour maintenir tout le peuple en repos
Il fallait plus qu'un chef il fallait un HÉROS.

BOINVILLIERS.

NOTE.

On s'étonnera peut-être de ce que je donne à corriger une orthographe aussi vicieuse que celle qui est renfermée dans les premières pages de cette Cacographie ; mais on voudra bien se rappeler que ce *Cours-pratique* est en faveur de tout le monde indistinctement. Les lettrés, les hommes du jour, les écrivains de la révolution, nos jeunes Dames trouveront, dans cet ouvrage, des moyens sûrs de s'instruire. D'ailleurs, les fautes même grossières que j'ai introduites à dessein, et sans exagération, dans cette première partie, pourront-elles surprendre quiconque aura vu l'orthographe ordinaire de Mesdames*** et de Messieurs*** ?

Madame F. écrit ainsi : *Jé vue vostre chere mary qui ait venut me voir isy, ia a peuprait ui jour, je ne lait pas reconnut, tan il est chengée a faire peure. Jé étée bien surpri an le voian arrivée ché moi, quar je le croiioit encore à lion* (1).

Madame L : *Nous oront se soire un bau bal chez Mde Gentil, véné y, on ni verat lés plus bel femme de Pari. Je croit que nous nous i amusseront baucou, mon mary ni sera poin é tant party pourre cest affaire a Donquerque.*

Madame P : *Je ne sùi pas supri ci vos prossédé réponde ci male a seusse que je vous ay prodiguay. Vous aite dans lherreur, et je mangage de vous le prouvée. oreste vous pouvé aitre bien trenquille sur moy qui ce die avec toute la justisse et le prossédé quon se doit résiproquemant.*

Madame V : *Jignaure quomant on peu dir du*

(1) Les étudiants sont invités à corriger toutes ces fautes d'orthographe.

bien de sette piese, il ni a pas de dant un seulle pettit mau pour rire, les comédient qui y joue ni son pas supportable; sin fal est selui que jeme le mieut par sequil y a un aire trajique et pas cioné.

M. C. écrit ainsi: *Celle cy est pour vous accusé reseption de vôtre lettre que j'ay resu daté davant hier, et pour vous demandé des nouvelle étoffe pareil a celles que vous mavez envoyé par la voiture public de Rhins en Champagne, si toutes foi elles ne son pas plus cher.*

M. F: *Je vous enverrez mon fils Monsieur, et vous prirez de luy remette les papiers que je vous aie confié sur votre demande. J'espere que vous voudrez bien ne pas faire diffigultée de lui en faire la remise sur celle que je vous fait a mon tour.*

M. G: *Ils furent entandu et deposerent selon le témoignage de leurs consciences de se qu'ils avaient vus et entandus. Anguerrand fut deserété, les partis furent renvoyé a fins siviles. On assure que les témoins qu'il avait produit avait déposés contre luy, on ignore se quils on dits.*

M. R: *Ma femme cè porte bien; elle sans aujourdui de qu'elle nécessitée est la grammaire française, aussi commanse telle a l'étudié un peu. Je lui aie donné Restaut à lire; elle à déja fait quelques estraits qu'elle ma montré, je les aie trouvé bien net, mais en revange jy aie appersu baucoup de fautes d'ortographe que je lui aie corrigé. C'est un parti que je vais prendre par la suitte.*

Mesdames F. L. P M. et Messieurs C. F. G. R. nés au sein de la France, se croient-ils dispensés d'écrire selon les lois de l'orthographe, parcequ'ils possèdent de superbes châteaux, des fermes d'un grand rapport, des établissements précieux, etc.?

Qu'on ne s'imagine pas que ces lettres soient supposées, ou que le texte en soit dénaturé ; au surplus, je vais mettre ici sous les yeux du lecteur une autre lettre qu'on a lue imprimée dans plusieurs journaux. Elle est d'un officier de santé que je ne nommerai pas. Je me bornerai à demander à tout homme bien né, s'il n'auroit pas à rougir d'orthographier et d'écrire de cette manière.

Je soussigne office de sante certi fie avoirs été apellé ce jourd'huy vingt huit du courand verlés neuf heure et de mie du soirs chez Madame Roberd rue Vainsandau pour cons tater le des espoirs du nomé Jaque Guerdain le quel jais trouve assis sur une chaise soute nu par plusieurs per sonne, baignian dans son sans par quatre coup de couteau appuie sur le sain gauche dont deux de la profondeur de sing à six ligne et les deux autres très-légée le quelle je lui ai fait le pancemen et arraité lémoragie ensuite jais été auprès de Madame Roberd laquelle je lui ai pance une blesure au de sous de la partie inférieur de la mamelle droite faitte par le même coutau dune longueur d'un pouse avec une forte émoragie laquelle je lui ai fait le pance men et araité l'emoragie de quoi j'ai dressé ce présent verbal pour servir au bezoin. Bordeaux le 29 brumaire l'an 10.

FIN.

TABLE DES MATIÈRES.

www.ingramcontent.com/pod-product-compliance
Ingram Content Group UK Ltd.
Pitfield, Milton Keynes, MK11 3LW, UK
UKHW031905260826
14628UKWH00002B/995

9 782019 234522